転生したら15歳の王妃でした

～年下陛下の一途な想いからは逃げられません!?～

斧名田マニマニ

B's-LOG BUNKO
ビーズログ文庫

イラスト／八美☆わん

Contents

人物紹介
佐伯えみ(エミ)
28歳の元OL。
過労死したはずが、
15歳の王妃に転生!
テオドールの甘え攻撃に
翻弄される日々!?
テオドール
まだ17歳の
ルシード連合国の若き国王。
仕事に生きる社畜脳だったが、
エミのおかげで多少(?)改善。
エミにベタ惚れ♡

エミリア

エミの元の身体の持ち主。
今は妖精の姿で
人生謳歌中♪

ジスラン

テオドールの側近。
切れ者でテオドールへの態度も
容赦がない。

メイジー

素直で可愛い新米侍女。
よく働くがなぜか口数が少ない。
実はその理由は……。

ローガン

火魔法の使い手で
若くして軍事司令官を務める実力者。
陛下とは幼なじみらしく……！？

第一章

ルシード連合国の若き国王陛下テオドール。彼の暮らすアリンガム城の広大な敷地内《しきちない》には林があって、その中に白亜《はくあ》の離宮《りきゅう》がひっそりと建っている。

おとぎ話に出てきそうなその館で、隠《かく》れるように暮らしている王妃《おうひ》が、一応この私、佐伯《さえき》えみだ。

現代日本で過労死した私は、異なる世界で同時期に事故死した王妃の体に生き返りを果たしたのだけれど、なんと転生先の世界では『異世界人は災厄《さいやく》か希望をもたらす存在』という伝承が語《かた》り継《つ》がれていた。

もし私が異世界人だとバレれば、危険視され、場合によっては命を狙《ねら》われる可能性もある。そんな事情から、人前にはなるべくでないようにして生活しなければならなかった。

とはいえこの生活、意外と悪くない。

いつでも好きな時に起きて、好きな時に眠《ねむ》れるし、離宮の周辺しか出歩けないとはいえ、周囲には散策するのにちょうどいい林が広がっている。

何より幸せなのが、日がな一日趣味《しゅみ》である癒《いや》しアイテム作りに没頭《ぼっとう》できることだ。

こんな生活、社畜《しゃちく》時代には絶対できなかった。

それに話し相手は少なくても、精霊《せいれい》に生まれ変わった元の身体《からだ》の持ち主エミリアちゃんがいつも寄《よ》り添《そ》ってくれているし、事実上の夫である陛下も仕事の合間を縫《ぬ》って、ちょくちょく顔を見せに来てくれる。

特に最近は、三日に一回、いや二日に一回……ん？　あれ？

昨日も一昨日も陛下の顔を見ているな。

しかも今日もまた、陛下が離宮のサロンに顔を出してくれたので、私たちは今、木苺《きいちご》のタルトを前に歓談《かんだん》しているところだ。

開け放たれたサロンの窓からは、初夏の乾《かわ》いた風が時折吹《ふ》き込んでくる。

私の隣《となり》に座った陛下は、窓の外の青空に視線を向けることもなく、それどころか侍女《じじょ》さんが用意してくれたケーキや紅茶に手さえ付けず、楽しそうに私のことを眺《なが》めている。

この人、暇《ひま》なんてないはずだけど、大丈夫なのだろうか？

「あのー、陛下？　仕事は落ち着いたの？」

「仕事の量は変わらずという感じだけど、どうして？」

「最近よく遊びに来てくれるでしょう？　だから、時間に余裕《よゆう》ができたのかなって」

「エミに会いたい気持ちを抑《おさ》えられないんだ。エミの顔が見られるなら、多少の無茶ぐらいどうってことない」

「多少の無茶って……。まさか、この休憩《きゅうけい》時間の分を、夜遅《よるおそ》くまで穴埋《あなう》めすることになるんじゃ……」

陛下は返事の代わりにスッと目を逸《そ》らした。

「もう、陛下!」

出会ったばかりの頃《ころ》に比べて少しはましになったとはいえ、陛下は相変わらず残業三昧《ざんぎょうざんまい》で、その生活はブラック企業《きぎょう》の社畜状態のままだ。昔の自分と同じような日々を送る陛下を心配している私としては、見過ごせない問題である。

「そんな無理しちゃだめでしょ? 息抜《いきぬ》きはもちろん大事だけど、王宮から離宮までかなり距離《きょり》があるし、移動だけでも結構時間がかかるよね。こうやって離宮に来るより王宮でゆっくりするほうが休息になるんじゃないの?」

「それじゃあエミに会えないだろ」

「無理して私に会うより、休んでくれたほうがうれしいよ」

「俺としては『無理してでも会いに来て』って言われたいんだけど? はぁ……。どうしたらエミは俺にハマってくれるんだろ……」

少し不貞腐《ふてくさ》れた声で呟《つぶや》いて、陛下が私の肩《かた》にこてんともたれかかってくる。

……こ、これは……!

不覚にもキュンとしてしまった。

横目で見ている私の視線に気づいたのか、陛下が伏せていた瞳《ひとみ》を上げる。その瞬間、彼の藍色の目が大きく見開かれた。

「え？　何そのかわいい反応」

「へ!?」

陛下の言葉に驚きすぎて、変な声が出てしまった。

「そ、そんな反応してない」

というか私なんかより、今の陛下のほうがかわいかったと思うけど!?

「誤魔化《ごまか》そうとしたって、だめ。顔が真っ赤だし、明らかにポーッとなってた」

「……っ。そういう指摘《してき》はしなくていいのでっ！」

両手で顔を覆《おお》い隠そうとしたのに、その手を陛下に掴《つか》まれてしまう。

「俺の態度にドキッとしてくれたんだよな？」

「それは、えっと……」

「なあ、エミ。もうその気持ちに流されちゃったら？　抗《あらが》うだけ無駄《むだ》だよ。俺は絶対にエミをおとすって決めてるんだから」

熱っぽい眼差《まなざ》しで私を見つめたまま、陛下が私の指先をきゅっと握《にぎ》ってくる。

ちゃんと彼と向き合おうと決めて、こうやって口説かれて続けて……。

恋愛《れんあい》を長年休んでいた私も、さすがにもう陛下のことを意識せずにはいられなかった。

陛下に迫《せま》られるとドキドキしちゃうし、さっきのように不意に可愛げのある振《ふ》る舞《ま》いを見せられると、普段《ふだん》とのギャップにやられてときめいてしまう。

——ただ、それが恋愛感情におけるときめきかと問われると……。

陛下は若くて魅力的《みりょくてき》でキラキラしている。

でも、そういういわゆる美形アイドルにキュンキュンする気持ちと、恋愛の好きとはやっぱり違《ちが》う気がする。

そもそも、陛下と私の中身は一回り近く年が離《はな》れているのだ。

十七歳と二十八歳。元の世界なら完全に犯罪！　アウト！　だめだめ！

陛下のことは好きだし、支えていきたいとも思っている。

けれど、それを恋愛感情だと考えるとなんだかしっくりこない。

むしろ推《お》しを応援《おうえん》する気持ちに近いような気がする。

年の離れた若いアイドルを、叔母《おば》目線で温かく見守る感じというのだろうか。

そう考えたら、すごく腑《ふ》に落ちた。

陛下の幸せを祈《いの》っているし、できる限りのことをしてあげたい。

そんなふうに見守っていられるだけで十分満足。

恋愛となると、楽しく推しているだけじゃ済まないしね……。

恋《こい》を何年も休んでいたからか、そういう大変な世界に踏《ふ》み込んでいくことに対して、私は転生した今でもかなり消極的だった。

推しとして、陛下を支えていく。

恋愛結婚《けっこん》ではない妻の接し方として、これはこれで特に問題ない……はず。

「エミ、まーた余計なこと考えてるだろ」

図星をつかれてぎくりとなった私の肩に、陛下が額を埋《うず》めてくる。

気を許した相手に弱さを曝《さら》け出《だ》すようなその仕草が、また私の心をざわつかせた。

「エミが俺を好きになってくれれば、これでもかってくらい甘やかしてあげるのに」

「……っ」

「はい、そこまでー！　離れて離れて！」

突然《とつぜん》聞こえてきた声に顔を上げると、開け放たれている窓から白い毛玉がびゅんっと飛び込んできた。ふさふさの毛に覆われた子狐《こぎつね》のようなこのもふもふこそ、精霊に転生を果たした現在のエミリアちゃんである。

エミリアちゃんは勢いを落とすことなく、陛下の周りをぐるぐる回った。

威嚇《いかく》するようなその行動を受け、陛下は渋々《しぶしぶ》ながら身を引いてくれた。

「……おい、エミリア。なんでそう俺とエミの間を邪魔《じゃま》するんだよ。エミのペットならペットらしくしてろ」

「誰《だれ》がペットよ！　私は精霊様よ！　ちゃんと敬いなさいよね‼」

「はいはい、精霊サマ」

「きいいいっ！　なによ、その態度！　微塵《みじん》も敬意が感じられないわっ。だいたい『なんで邪魔する』ですって⁉　そんなの決まってるでしょ！　陛下がエミの気持ちを無視して、強引《ごういん》に口説き落とそうとしているからよ」

「無視なんてしていない。最近のエミはちゃんと俺を意識してくれている」

「意識するのと、恋するのじゃ雲泥《うんでい》の差《さ》よ」

「……なんだって？」

「本当は自分だって単なる片思いだと気づいてるくせに」

「……」

陛下がむっつりした顔で黙《だま》り込んだとき、部屋の扉《とびら》をノックする音がして、王宮からの使いらしき兵士さんが現れた。

エミリアちゃんは目撃《もくげき》される前に、気配を察してスッと姿を消す。

本来、精霊は人間の前に容易《たやす》く現れるような存在ではないのだという。

人間の中には精霊の持つ莫大《ばくだい》な力を利用しようとする輩《やから》もいるらしく、姿を隠すのはそういう悪人に出くわさないための予防線なのだと教えてもらった。

「ご歓談中恐《おそ》れ入《い》ります。陛下、オルグレン卿《きょう》から言伝《ことづて》を預かって参りました。その……一語一句違《たが》わずお伝えするよう命じられているのですが……」

「まったくジスランのやつ……。許可する、申せ」

「はっ！　『陛下、本日は昼食をとりながら、すべての書類に目を通されるとおっしゃられましたよね？　私としましても夜更《よふ》けまで陛下に働いて欲しくはないので、即刻執務室《そっこくしつむしつ》へお戻《もど》りください。お戻りになられないのなら、妃殿下に陛下が寝《ね》ているふりをして明け方まで連日仕事をしていると言いつけますよ』とのことです！」

「……ちっ。次から次へ邪魔が入る……。言伝はわかった。ご苦労だったな。下がれ」

「失礼いたします！」

敬礼をした兵士さんが立ち去るのを待って、私は陛下に詰《つ》め寄った。

「ちゃんと寝てるって言ってたのに、だめじゃない！　やっぱり私のところに来る時間は減らして休んだほうがいいんじゃ――」

「嫌《いや》だ」

最後まで言わせてもらえず、かぶせ気味に拒否《きょひ》されてしまった。

「今の話はジスランが大げさに言ってるだけだから」

「でも、お昼を食べながら仕事しなくちゃいけないぐらい、忙《いそが》しいんでしょ？」

「ここ数日の間だけだ。この時期は視察や、式典への参加が多いから」

視察や式典――。そういえば、現代日本で生活していた頃、皇后さまが単身で行事に参加されるニュースを何度も見たことがあった。

もしかして、私が王妃としての務めを果たせていないのも、陛下の負担の一因になっているんじゃないだろうか。

私は王妃という立場にありながら、一度も公務に参加したことがない。

それには色々な理由が絡《から》み合《あ》っていて、エミリアちゃんから体をもらったときに、国の道具にされないと約束していたこともあったし、第二の人生を好きなように楽しみたいという私自身の想《おも》いもあった。

社畜時代のトラウマのせいで、『仕事』と名のつくもの全般《ぜんぱん》を恐れていたのもあったし。

でも、陛下とともにエミリアちゃんの抱《かか》えていた問題を乗《の》り越《こ》え、王妃としてこの世界で生きていくことを決めた今、私の気持ちは変化した。

マイペースにのんびりしたいという気持ちは変わらないけれど、そのために陛下に無理をさせるなんてことは絶対にしたくない。

王妃として、私なりに陛下を支えたい。

国の道具にされるわけではなく、私自身の意思で、今はそう思っている。

「陛下、何か手伝えることないかな？　人前に出ていくことは、異世界人だってバレる可能性があるから無理だとしても、私にできることがあれば協力するよ」

異世界人の私とこの世界の人々との違いは、魔力《まりょく》の有無《うむ》だ。

魔力をまったく持っていないことが知られた途端《とたん》、私が異世界から来た転生者だということがわかってしまう。

ただ、私が魔力を持たないことに気づけるのは、強大な魔力を持つ人だけなのだと以前陛下が言っていた。

「魔力の強い人にさえ注意すれば人前に出ても構わないよね？　王妃としての立ち居振る舞いとか全然わからないから、一から教えてもらう感じにはなっちゃうんだけど……」

陛下は一瞬《いっしゅん》目を丸くした後、ふわっと笑った。

「ありがとう。でも、大丈夫《だいじょうぶ》。エミにはこの離宮で好きなことをしてのんびり暮らして欲しい。それに、ちょっと気がかりなことがあるんだ。……もしあいつが戻ってくるなら、エミと引き合わせるわけにはいかない」

「あいつ？」

「あ、いや、なんでもない。問題が起こりそうなら改めて話すよ」

「う、うん。わかった。だけど、協力は惜《お》しまないからいつでも言ってね！」

「ほんとエミは……。なんでそういちいちかわいいことを言うかな……。問題が起きたときは、協力するより籠《かご》の中に逃《に》げ込んでくれるほうが俺は安心できるんだけど。複雑な心境だ」

そう言ってから、陛下は名残《なごり》惜しそうにため息を吐《つ》いた。

「さすがにそろそろ仕事に戻るよ。せっかく自由を手に入れた精霊サマには、世界周航の旅でも勧《すす》めておいてくれ」

「邪魔な私を体《てい》よく追い払《はら》おうったってそうはいかないわよ！」

エミリアちゃんが透明《とうめい》になっていた体を元に戻しながら、むっとした声で言い返す。

「邪魔者だって自覚があっただけよかった。――エミ、行ってくる」

「あ、はい、行ってらっしゃい！」

陛下は、私の手を取って挨拶《あいさつ》のキスを落とすと、サロンから去っていった。

陛下が姿を消した途端、エミリアちゃんは何かを払い落とすかのようにブルブルッと体を揺《ゆ》すった。

「まったく陛下ったら、エミを独占《どくせん》したくてしょうがないみたいね。もちろんそんなこと私が許さないけど。エミの時間の全部を陛下に取られちゃうなんて絶対にごめんよ！」

「あはは。それはないよ」

「ほんとに？」

「うんうん。私はこうやってエミリアちゃんと過ごす時間もすごく楽しいし！」

「な、なによっ。私だってそうなんだからねっ」

エミリアちゃんは私の膝《ひざ》の上に乗って、機嫌《きげん》よく尻尾《しっぽ》をふさふさと揺らした。

ああ、もう、なんてかわいいんだろう。

「撫《な》でてもいい？」

「エミだから特別に許可してあげるわ」

「ふふ、ありがとう」

猫《ねこ》にするように顎《あご》の下を指先で撫でると、エミリアちゃんは心地《ここち》よさそうに目を細めた。

「はぁ……。この感じ、悪くないわね。陛下の相手で溜《た》まった疲《つか》れがほぐれていくわぁ」

「マッサージもできるよ。よかったら肉球にしてみる?」

エミリアちゃんは返事の代わりに、前足を差し出してきた。

ピンク色のなんとも愛らしい肉球がこちらを向いている。

「じゃあ失礼して……」

柔《やわ》らかい肉球にそっと触《ふ》れ、むにむにとマッサージをしていく。

完全に力を抜《ぬ》いて私のおなかにもたれかかっているエミリアちゃんは、うっとりした声でゴロゴロと鳴きはじめた。

「ふわああ……最高だわぁ。エミってほんとにすごいわね。なんでもできるんだもの」

「なんでもってことはないけど、マッサージはちょっと勉強してみたことがあるんだ」

アロマオイルを使ってマッサージをするとかなり気持ちがいいし、リラックス効果も増すのだ。

「あ、そうだ。陛下にもマッサージをしてあげるのはどうかな? 今またすごく仕事が忙しいみたいだし」

「だめよ! それはぜーったいだめっ! 人間に肉球はないから、体に触れるってことでしょ⁉」

「そうだね。腕《うで》とか足とか、あとは頭や腰《こし》かな」

「腰ですって⁉　そんな場所をエミに触れられて陛下の理性が持つわけないじゃない！」

「ただのマッサージだよ⁉」

妙《みょう》な方向に想像されている気がしたので、慌《あわ》てて釘《くぎ》を刺《さ》す。

「とにかくね、何か陛下のためになることをしたいなって思ってるんだ。私が公務を手伝えないせいで、負担をかけてるのが申し訳なくて」

「エミったら……。そんな責任感じる必要ないわよ。公務を手伝うことばかりが、陛下の助けになるって話でもないわ。陛下の睡眠《すいみん》障害を治せるのはエミだけだし、効率よく睡眠をとる方法とか、そういうやり方で支えるって手もあるじゃない」

エミリアちゃんの言葉を聞き、目から鱗《うろこ》が落ちる。

陛下が国王であることと多忙《たぼう》だという理由から、公務の負担を減らすことばかり考えていたけれど、たしかにエミリアちゃんの言うとおりだ。

「今までどおりエミが得意な方法で、陛下の疲れを癒してあげたらいいのよ」

「そっか……。そうだよね」

できないことを嘆《なげ》いていたって仕方ない。

もともと裏方として手伝いたいと考えていたところだし、内助の功とまではいかなくても、私にできる方法で陛下を支えるのが一番かもと思えてきた。

「よし！　それならさっそく新しい癒しアイテムの作製計画を練らないと！」

「あ、でもマッサージはだめよ！　この気持ちよさは私だけのものなんだからねっ」

柔らかい肉球で頬《ほお》をぷにっと押された私は、エミリアちゃんに笑《え》みを返した。

――この時の私は、陛下をどう癒すかしか考えていなくて、自分がとんでもないアイテムを開発してしまうなんて想像すらしていなかった。

◆

「次に陛下にあげるのは何がいいかな」

この世界に転生してから、私はいくつかの癒しアイテムを作ってきた。

ハンドクリームや入浴剤《にゅうよくざい》、顔パックなどなど。

そのうち、ラベンダーで作ったアロマミストと、ポプリを入れたブサカワさん人形二号は、過労気味の陛下の癒しになればと、プレゼントした。

陛下はその二つをとても気に入り、愛用してくれているそうだ。

陛下の話によると夜眠るときにはアロマミストを、昼間、仮眠《かみん》を取るときにはブサカワさん二号（ちなみにブサカワさん一号は、過労死するまで生活していたあの小さなアパートに残してきてしまった）が陛下の傍《かたわ》らに寄り添っているらしい。

王宮に出入りすることのない私は一度も見たことがないけれど、陛下がブサカワさん二号を抱《だ》き枕《まくら》にしている姿はちょっぴり興味がある。

「エミのせいで、あの人形を手放せなくなってしまった」なんて責めるような口調で言ったわりに、そのときの陛下は上機嫌《じょうきげん》な顔をしていた。

でも一国の主がぬいぐるみを抱っこしながら眠るなんていいのだろうか。

もちろん、誰にも見られないように気を遣ってはいると思うけれど……。

寝室《しんしつ》から持ち出すことがあるなら、もっと目立たない見た目のポプリを作り直そうかと提案したら、「二号は俺のものだ。たとえエミであっても、奪《うば》わせはしないぞ」と真顔で言われてしまった。

ブサカワさん二号ってば、ずいぶん陛下に気に入られているみたいだ。

手作りの物を大事にしてもらえるのは、作った当人としてももちろんうれしい。

ずっと不眠《ふみん》を患《わずら》っていた陛下は、傍《そば》にあるだけでぐっすり眠れるアロマミストとブサカワさん二号に対して、特別な思い入れを抱いているらしかった。

陛下の名誉《めいよ》のために補足しておくと、彼はぬいぐるみがないと眠れないわけではない。

重要なのは、ブサカワさん二号に付随《ふずい》した効果のほうである。

本来寝《ね》つきの悪いはずの陛下を、お休み三秒にさせてしまうブサカワさん二号。

大げさではなく、陛下はブサカワさん二号に顔を埋めた瞬間《しゅんかん》、一瞬で深い眠りに落ちてしまうのだ。

なんでそんなことになるのか。

陛下によると、どうやら私が魔力を持たないのが原因なのだという。

「エミの作ったアイテムの効果は、空気のように自然に俺の中に入ってきて、あっさり俺を眠らせてしまうんだ。俺は他者の魔力に対しては常にバリアを張っているが、エミの作ったものにはそもそも魔力がまったくないからな。与えてくる影響を防ぎようがないんだ」

以前、陛下がそんなことを言っていた。

魔力は互《たが》いに干渉《かんしょう》し合うようで、持って生まれた魔力が強ければ強いほど、他者の魔力による影響《えいきょう》を不快に感じるらしい。

この世界の人は皆、魔力を持っているため、手作りのものには、製作者の魔力が少なからず宿る。

国一番の魔力の持ち主だといわれている陛下は、人一倍他者の魔力に敏感《びんかん》で、今までずっと気を休めることができなかったのだそうだ。

「エミの前での俺は、無力に等しい。エミはある意味最強だよ」

突然、最強だなんて言われてしまって、私はぽかんとなった。

「強力な魔力を持つ人間はそれなりにいる。でも、そういうやつらを無力化してしまう者は他にはいない。エミは最強な上、唯一無二《ゆいいつむに》の存在なんだ」

「いやいやいや。私は単なる一般人《いっぱんじん》ですからね⁉　もしかしたら私以外にも転生してきた異世界人がいるかもしれないし」

「可能性はゼロに等しいな。伝承の中では、異世界人は数百年に一度しか現れないと云《い》われているんだ。──もしエミが敵だったらと思うと、ぞっとする」

陛下は独り言のようにそう呟いた。

そのとき抱《いだ》いた、戸惑《とまど》うような感情を今でも覚えている。

陛下は、いたずらに私の髪《かみ》を弄《もてあそ》んでいた。

じっと見つめてくる眼差しは、視線を合わせることに抵抗《ていこう》を覚えるぐらい熱っぽいまま。

でも、彼の言葉の意味は──？

この国の人々にとって、異世界人は警戒《けいかい》すべき存在である。

陛下だって、それは変わらない。

むしろこの国を守る国王という立場だからこそ、その想いは人一番強いはずだ。

陛下は私のことをす、好きだと言ってくれるけれど、それとこれは別問題なのだと思う。

未《いま》だに警戒されている事実を寂《さび》しく思わないわけじゃない。

私は陛下やこの国の敵になるつもりなんてまったくないのだから。

とはいえ、陛下の立場はよくわかっている。

警戒心を解かない彼は、為政者《いせいしゃ》として正しい。

……私の作るものに宿る効果のせいで『ある意味最強』なんて言われてしまったんだよね？　ということは、私が癒しアイテムを作らなくなれば、少しは警戒されなくなるのかな。

そんなふうに考えた瞬間、ブサカワさん二号をプレゼントしたときの陛下の態度が脳裏《のうり》を過《よぎ》った。

驚《おどろ》いたように目を見開いて、「これを俺に？」と尋《たず》ねてきた彼。

私が頷《うなず》き返すと、まるで壊《こわ》れ物《もの》に触れるかのようにブサカワさんを両手で受け取って、心底うれしそうに顔を綻ばせた。

「ありがとう。一生大切にする」

その言葉どおり、陛下は本当にブサカワさん二号や、それより前に私があげたアロマミストをとても大事に扱《あつか》ってくれている。

「エミのくれたもののおかげで、ぐっすり眠れる。感謝してもしきれないよ」

そんなふうに伝えられたのも、一度や二度じゃない。

……うん、やっぱり癒しアイテムを作らないというのはちょっと違うな。

私は陛下の疲れを癒したいと変わらずに思い続けているし、彼の社畜生活を改善するという目的を途中《とちゅう》で投げ出すようなことはしたくない。

それに、癒しアイテム作りは私の大事な趣味の一つだ。

異世界からの転生者だから警戒されているという問題は、まあ仕方ない。ひとまず忘れよう。

それより今は、陛下に何を作るかだ。

陛下に特に必要なものってなんだろう。忙しさがピークの時期、私だったら何を頼《たよ》っていたっけ。

溜まってきた疲れ、休む暇のない忙しさ、この山さえ乗り越えれば楽になれる、そんな状況下《じょうきょうか》。

時間を見つけて使ってもらうような癒しアイテムじゃだめだな。

私が似たような修羅場《しゅらば》中にお世話になっていたもの……。

そんなときに手っ取り早く私を支えてくれていたアイテムといえば——。

「あ！　栄養ドリンクだ！」

そう。あの社畜御用達《ごようたし》の飲み物である。

「今の陛下には打ってつけかも」

社畜時代、私の部署には栄養ドリンクの効能否定派の人がいて、「あんなもので元気になるわけないよ。まやかしに決まってる」などと言っていた。

でも、栄養ドリンクを自作するため、内容成分を細かく調べたことのある身としては、それなりの効果を期待してもいいんじゃないかと思っている。

栄養ドリンクに含《ふく》まれている主な成分は、糖類、ビタミン類、カフェイン、アルコール。

それらがとてもうまいこと疲れた人間の体に働きかけてくれるのだ。

まずは、ビタミンB_1の助けのもと、糖類を瞬時《しゅんじ》に活動エネルギーに変えることで、動ける体を作り出す。

さらに、カフェインやアルコールによって中枢《ちゅうすう》神経を興奮させ、一時的に眠気《ねむけ》や疲労《ひろう》を感じない無敵状態にしたところで、「元気になった！」という錯覚《さっかく》を起こさせるのである。

ただし服用のしすぎには要注意。

栄養ドリンクは決して体力を回復させてくれるわけではない。

できるのはあくまで「元気の前借り」だから、水代わりに飲んだり、依存《いぞん》して体を騙《だま》し続けたりすれば、いつか必ずツケが回ってくる。

とはいえ、用法用量を守って正しい使い方をすれば、これほど頼りになる修羅場のお供もないはずだ。

陛下にはその辺りをしっかり説明した上で、差し入れしようと考えている。

まあ、そうはいってても私の手作りだし、用意できる材料の範囲《はんい》で作るのだから、日本の製薬会社の作り出した某《ぼう》有名製品ほどの効能はないだろう。

気休め程度でも元気になれる飲み物が作れれば御《おん》の字《じ》かなという感じだ。

◆

——そんなわけで、翌日さっそく栄養ドリンク作りに取りかかることにした。

エミリアちゃんは朝から張り切って城下町に出かけていったので、今は私一人だ。

天気のいい日、エミリアちゃんはほぼ必ずどこかへ遊びに行く。

目的地は城下町だけでなく、山や湖、小さな農村、少し離れたところにある港町など多《た》岐《き》にわたる。

姿を消して、精霊の羽で飛び回る彼女はとても自由だ。

人間の移動手段では、半日以上かかる道程もびゅんっとひとっ飛び。

エミリアちゃんは、精霊になる前から望んでいた『何ものにも縛《しば》られない暮らし』を手に入れて、とても幸せそうだった。私もそれがうれしい。

「今日はエミリアちゃんに倣《なら》って、外で作業しようかな」

料理を作るのなら厨房《ちゅうぼう》を借りなければいけないけれど、今回は水場の近くに簡易的な作業台を用意できさえすればいい。

ちょうど中庭と林の境に井戸があるので、そこで栄養ドリンク作りを行うことにした。

ここなら離宮で働く使用人さんたちも通らないので、悪目立ちすることはない。

そうと決まれば準備開始だ。

頭の中でどんなドリンクにしようかと考えながら、必要な道具や材料を運んでいく。

ちなみにこの道具類は、先日陛下にプレゼントしてもらったものだ。

大小様々なガラス瓶《びん》や使い勝手のよさそうな容器、それから折りたたみ式の簡易作業台に至るまで、すべて職人さんに特注してくれたらしい。

癒しアイテムを作る際、毎回厨房から用途《ようと》に応じた道具を借りていたので、めちゃくちゃ助かった。

でも私が大喜びすると、陛下は少し複雑そうな顔をした。

「こんな安い日用品でそこまで喜ばれても微妙《びみょう》だ……。俺としては先日送ったネックレスの時にそういう反応を見たかった」

実を言うと、陛下からのプレゼントはここのところ毎日届く。

ただ、とんでもなく大きな宝石のついたアクセサリーや、どこのパーティーに着ていくんですかっていう豪勢《ごうせい》なドレスをぽんぽん贈《おく》ってくるので、そういうのはやめてもらえるようやんわりと伝えたのだ。

その時も陛下は「贈り物も愛情表現のうちだろう。エミへ愛情を示すのに、金に糸目をつけるようなことはしたくない」と言って不満そうにしていた。

それでも私の意を汲《く》んでくれて、それ以来、高そうなプレゼントの代わりに、私が使えそうなものを贈ってくれるようになったのでホッとしている。

さて、栄養ドリンクの材料のほうは、いつもどおり料理長さんを頼ることにした。

「栄養どりんく？　滋養《じよう》のある液体ということは、煎《せん》じ薬《ぐすり》のように苦いものでしょうか？」

当然ながら、この世界には栄養ドリンクなどという飲み物が存在しているわけもなく、料理長さんは不思議そうにしている。

味を想像したのか、表情はいつも以上にしかめっ面《つら》だ。

彼の人となりはわかっているので、怒《おこ》っているわけではないことは承知している。

「私の作ろうと思っている栄養ドリンクは、シロップや蜂蜜《はちみつ》を使って飲みやすい味にする予定です。今回は薬というよりジュースに近いものを作りたいので」

「それは大変興味深い……。是非《ぜひ》、私に妃殿下の助手を務めさせてください！　――おい、おまえたち、すぐに調理台を空《あ》けてくれ。――む、なんだ。私が指示を出す前から動いていたか。でかしたぞ」

「自分たちも妃殿下の新作を心待ちにしていたんで！」

料理長さんにそう返事をすると、若い料理人さんたちは私に期待の眼差しを向けてきた。

「あっ、ごめんなさい！　せっかくなんですが、今日は厨房ではなく外で作業をしようと思っていて」

そう伝えたら、あからさまにみんながっかりしてしまった。

「そんな……。栄養ドリンクとやらにお目にかかることすらできぬのですか……」

「妃殿下のお作りになる世にも不思議な飲み物……。ああっ！　気になって夢に出てきそうだ……！」

「我ら決してお邪魔はいたしません！　どうか、陰《かげ》ながら見守らせてくださいませんか！」

「でも皆さん、これから下ごしらえがあるんじゃ……」

さっき以上に肩を落としてしまったところを見ると、図星だったらしい。

毎度のことながら素人《しろうと》が趣味で作る料理に、ここまでの気持ちを寄せられると申し訳ないやら、恥《は》ずかしいやら。

「えと、とりあえず完成したら持ってくるので、そんなにがっかりしないでください」

「本当ですか妃殿下⁉」

全員が一斉《いっせい》にガバッと顔を上げる。

その勢いがすごすぎて、思わず「ひっ」という声が漏れてしまった。

未練いっぱいの態度で引き留めてくる料理長さんたちに、「絶対に完成品を届けるので！」と約束して、私は井戸の前に設置した作業場へと戻ってきた。

まずは両手で抱えている箱を下ろし、譲《ゆず》ってもらった食材を取り出していく。

檸檬《れもん》や夏みかんなど今が旬《しゅん》の柑橘類《かんきつるい》がそれぞれ一つずつ。それから蜂蜜にお砂糖。少量のブランデーとラム酒。それらとは別に、林でとってきた新鮮《しんせん》なミントが数枚。

今回はこれらの品を使って、二種類の栄養ドリンクを作る予定だ。

っと、その前に。

「荷物運びを手伝ってくれてありがとう。あとは一人で大丈夫なので、私のことは気にせず、離宮に戻ってください」

手を貸してくれた侍女さんに声をかけると、彼女は肩に垂らした三つ編みが揺れるほど、勢いよく首を横に振った。

どうやら「妃殿下を一人きりにするなんてありえない！」とでも思っているようだ。

たしかこの新しい侍女さんが離宮で働きはじめて、今日で二日目。

私が基本的に放っておいても問題のない王妃だということを、彼女はまだ知らないらしい。経験上、こういうときにいくら私が「一人で平気」と言っても、侍女さんたちは聞き入れてくれないのだ。

初めのうちは私も一生懸命《いっしょうけんめい》説得を試みたけれど、そんなことをしても話がこじれるだけだとわかったので、以降は新米侍女さんたちが自然と察してくれるのを待つようになった。

だいたいみんな働き出して四日目には、私が一人でフラフラするのを気にしなくなる。

そうやって私の習慣に慣れた侍女さんが、そのまま居着いてくれるのが理想なのだけれど、なかなか希望どおりにはならないのが現状だ。

とりあえず新しい侍女さんは、少し離れた場所から私の作業を見守ることに決めたらしい。ちょっと視線が気になるものの、気持ちを切《き》り替《か》えて栄養ドリンク作りに取りかかるとする。

「ええっと、まずは井戸の水を汲《く》み上げるところからね」

独り言を言いながら、袖《そで》をまくり上げ、以前用意してもらったエプロンをつける。

「妃殿下……!?　そのようなことは私が……！」

「いいから、いいから」

慌てて駆《か》け寄ってこようとする侍女さんに笑顔《えがお》を返す。

井戸で水を汲むのなんて、何年ぶりだろう。

すごくわくわくする。たしか祖父の家を訪ねた小学生の時以来だったかな。

水の出処《でどころ》に木桶《きおけ》を置いてから、手押しポンプを両手でせいのと押す。

体重をかけて数回上げ下げすると、きらきらと光る水が勢いよく溢《あふ》れ出した。

「おおお！」

思わず声を上げる。桶に溜まった水に指先をひたすと、ひんやりと冷たくて気持ちいい。

丁寧《ていねい》に手を洗った後は、一度水を流して、ミントや果物をすすいでいった。

しゃがみ込んで、夢中で作業をしている私のことを、侍女さんは信じられないものを見るような目で眺めている。

「あ、あの妃殿下……。恐れながら、それは下働きの仕事です……。どうか代わってください……」

この侍女さんは極端《きょくたん》に口数の少ない子で、彼女がこんなに言葉を発するのを聞くのは初めてのことだ。

洗ったミントをザルに広げながら振り返ると、侍女さんは怯《おび》えたような顔をしていた。

「えっ、どうしたの？」

「……妃殿下にこのようなことを……。怒られてしまいます……」

「あっ、それなら安心して！　他の侍女さんに知られても、あなたが咎《とが》められることはないから大丈夫。離宮の人たちはみんな、こういうことが私の趣味だって知ってるの」

「趣味……？」

「うんうん。色んなものを自分で作るのがすごく好きなんだ。それにこうやって体を動かすのもね！」

エミリアちゃんの体はとても華奢《きゃしゃ》なので、引きこもるだけではなく、運動量を増やして丈夫《じょうぶ》な体になるよう少しずつ体を慣らしているというのもある。

侍女さんはどう答えたらいいのかわからないという感じで、檸檬を輪切りにしている私の手元に視線を落とした。いったい何をしているのだろうと顔に書いてある。

多分エミリアちゃんと同じぐらいの年齢《ねんれい》かな。

私はすれていない彼女に対して、好意を抱きながら微笑《ほほえ》みかけた。

「今はね陛下に差し入れする飲み物を作ってるところなの」

「え……!?　妃殿下ご自身で……!?」

驚きの声を上げた後、侍女さんは慌てて口を噤《つぐ》んだ。

まるで発言することを自分自身に禁じているかのような態度だ。

……もしかして、私と話したくないのかな。

この国の人たちは、エミリアちゃんの祖国に対してあまりいい印象を持っていないらしく、関わる侍女さんたちからは毎度こんな感じで距離を取られている。

でも、この子は全然いいほうだ。

真面目に仕事をこなしてくれるし、敵意を向けてきたりはしない。

それだけでもめちゃくちゃありがたい。

実を言うと、以前陛下によって記憶《きおく》を奪われ解雇《かいこ》された侍女さんたちのように、さりげない嫌がらせをしてくる人も相変わらずいるのだ。

そういう人は試用期間中に自ら辞職を言い出すか、事態に気づいた陛下がクビにしてしまい、離宮を去っていった。

試用期間を経て正式採用となった侍女さんはまだ今のところ一人もいない。

この子が居着いてくれるとうれしいんだけどな……。

そうこうしている間に下準備が整った。

まずは厨房で洗浄《せんじょう》してきたガラス瓶にそれぞれの材料を入れていく。

右の瓶には、レモンをはじめとする柑橘類の絞《しぼ》り汁《じる》に蜂蜜、水、そして数滴《てき》のブランデーを。これは疲労回復に効果のある、ビタミンドリンクだ。

左の瓶には、ミントの葉と、お砂糖とお水、そこにラム酒を垂らして、ミントシロップにする。こちらのドリンクを飲めば、ミントの爽《さわ》やかな香りの効果で気分がリフレッシュするはずだ。

何度か味の微調整《びちょうせい》をすると、どちらも納得《なっとく》のいく甘みに辿《たど》り着《つ》いた。

さてと——。

あらかじめ冷やしておいたガラス製のグラスに氷を入れて、瓶の中のドリンクをたぽたぽと注ぐ。最後に輪切りにしたレモンを飾《かざ》りでのせると、おしゃれなカフェで出てくるような見た目になった。

「よし、完成！　よかったら侍女さんも飲んでみませんか？」

レモンとミント。どちらのドリンクも負担にならない程度の量をよそって差し出してみた。

侍女さんはつぶらな瞳をまん丸にして、瞬《まばた》きを繰《く》り返している。

「あ、あの……妃殿下……」

「こういうの、好きじゃない？」

「いえっ……。い、いただきます……っ」

断るのは失礼だと思ったのか。

彼女は私の差し出したグラスを受け取ると、えいやっという感じで一息に煽《あお》った。

いや、別に毒なんて入っていないからね!?

「……っ!?　ひゃあっ!?　甘くておいしい！　それになんだか不思議な感覚がする……！

オラ、こんたんめぇもの初めて飲んだわぁ！」

「えっ」

「……あっ!?」

興奮した口調で感想を述べていた侍女さんが、我に返ったように自分の口を手で押さえる。小動物のような慌てっぷりがおかしくて、私は思わず笑ってしまった。

「……ふっ、あはは！　方言かわいいね」

この子のこと、やっぱり好きだな。

「申し訳ありません、妃殿下……！　私、なんて失礼を……。……私は解雇されるのでしょうか」

「えっ⁉　まさか……！」

方言を口にしたぐらいで仕事をクビになるなんてありえない。

でも、侍女さんの怯えた様子を見るところ、彼女は本気で心配しているようだ。

「解雇って、どうしてそんなふうに思ったの？」

これ以上怯えさせないよう、できるだけ穏《おだ》やかに問いかけると、侍女さんはうるっと涙を滲《にじ》ませた。

「私の北部訛《なま》りはお耳汚《よご》しになるので、妃殿下を不快にさせてしまうと……」

「誰かにそう言われたの？」

「……義父や、離宮で仕事を教えてくださった方に」

信じられない。なんてひどい言い草だろう。

内心で感じている憤《いきどお》りはなんとか隠したものの、こういう差別は好きじゃない。

「それで気をつけていたのですが、驚いたときなどに方言がうっかり口をついて出てしまうのです……」

「もしかして、それが理由で必要以上に口数が少なかったの？」

侍女さんはこくりと頷いた。

そっか……。

この子は他の侍女さんたちとは違って、距離を取ろうとしていたわけじゃないんだ。

それを知って、私がどれだけほっとしたか。

気にしていないつもりだったけれど、周囲の人から疎《うと》まれている状況は、なんだかんだメンタルにきていたのかもしれない。

それから詳《くわ》しく侍女さんの話を聞くと、山間の集落出身の彼女は、仕事を得るため、王都で暮らす親戚《しんせき》の養子になったのだという。王宮内の仕事に就《つ》くには、たとえ下働きであっても、中産階級以上の出身でないといけないらしい。彼女が養子になったのは、薬問屋を手広く営む遠縁《とおえん》の家だった。

「色々複雑な決まりがあるんだね……。でも、言葉遣《ことばづか》いに関しては気にしないでね。不快になるなんてこと間違《まちが》ってもないし、むしろかわいいなって思ったくらいだもの」

「えっ……!?」

「その口調のおかげで、あなたの気持ちがすごく伝わってきたからうれしかったの。私の作ったドリンクをおいしいって思ってくれたんでしょう？」

「は、はい！　本当にもう、とっても……!!」

「ふふっ。よかった。――それにね、方言って故郷の大事な文化だよね。無理矢理なくすのって寂しくない？」

「妃殿下……」

その途端、侍女さんの両目から大粒《おおつぶ》の涙《なみだ》がぽろぽろと零《こぼ》れ落ちた。

「ああっ……！　申し訳ありません……！　妃殿下のお言葉で故郷のことを思い出してしまいました……ぐすっ」

王都に出てきてまだ半月足らずと言っていたから、ホームシックになっていたのかもしれない。

私は侍女さんの手をそっと取って、「大丈夫、大丈夫」と声をかけた。

彼女が落ち着くまでずっと。

しばらくして涙が止まると、侍女さんは何か決意を抱いたような目でじっと私を見つめてきた。

「妃殿下が優《やさ》しくしてくださったこと、私、決して忘れません。この御恩《ごおん》に報《むく》いるため、一生お仕えさせていただきたく思います……！」

熱意たっぷりに宣言され、わあっとなる。

「恩だなんて、私何もしてないよ!?」

「いいえ！　妃殿下のお言葉がどれだけ私を救ってくださったか……！　失敗してはいけない、訛ってはいけないと怯えていたので、人前で喋《しゃべ》るのがずっと怖《こわ》かったんです……」

「それは……辛《つら》かったよね。もっと早く気づいてあげられればよかったな」

「ううっ……。ほんに妃殿下は、しったげお優しいお人ですぅ……」

感じたことをそのまま伝えたら、侍女さんは感極《かんきわ》まったらしく、また泣いてしまった。

「妃殿下の前やお仕事中は、これからも公用語を使うようにしたいとは思います。ですが、もしこの言葉遣いがお耳汚しでないのなら……」

「そんなこと絶対ないから、恥じたりしないで！」

間髪《かんはつ》入れずに口を挟《はさ》んだら、侍女さんはくすぐったそうに笑顔を零した。

「妃殿下がそう言ってくださるのなら、私も信じられます。――勤務時間以外はこれからも北部の言葉を使っていきたいです。故郷を大切にする気持ちを込《こ》めて……」

郷里への想いを抱きしめるかのように、自分の胸に手を当てると、侍女さんはにっこりと微笑んだのだった。

✦

侍女さんはメイジーという名で、年齢はエミリアちゃんの一個上、十六歳だった。

「どうかメイジーとお呼びください」と懇願《こんがん》されてしまったので、親しみを込めてそう呼ばせてもらうことにした。

メイジーは根っからの働き者らしく、私のしていることを傍らでただ見ているだけでは落ち着かないようだ。

そわそわと指を動かしたり、もじもじしたりしている。

さすがにこのまま放っておくのも可哀想《かわいそう》だ。

それならばということで、料理長さんたちにお裾《すそ》分《わ》けする栄養ドリンクを厨房に運んでくれるか頼《たの》んでみたら、彼女は元気よく頷いた。

素直《すなお》で本当にかわいい子だ。

メイジーがお使いをしている間に、私は一人、林の中に入っていった。

これから野イチゴを集めて、自分用のフレッシュジュースを作ろうとひらめいたのだ。

離宮の裏手に広がる林は、ほとんど毎日散歩に来ているから、もはや自分の庭と変わらない。

木漏《こも》れ日《び》の中を歩き回っていると、青々とした匂《にお》いの風が鼻先をくすぐって心地よい。

少しずつ鳥の鳴き声も聞き分けられるようになってきた。

この世界に来て、自然の存在がぐんと近づいたような気がする。

鼻歌を歌いながら野イチゴを摘《つ》むなんて、元の世界ではありえなかった道楽だ。

そんなことを考えていると、不意に背後で草を踏みしめる音がした。

メイジーが探しに来たのだろうか。

でもやけに早い。小首を傾《かし》げながら振り返ると――。

鬱蒼《うっそう》と生《お》い茂《しげ》る草木をかき分けて姿を現したのは、メイジーではなかった。

見たこともない若い男性だ。

短く切られた、燃えるような赤い髪が印象的な人。多分、年齢はジスランさんぐらい。

水浅葱色《みずあさぎいろ》をした軍服のようなものを着ているけれど、離宮で見る衛兵さんたちの格好とはなんとなく違う。

彼は視界に私を捉えるのと同時に、目を細めてニイッと笑った。

どこか人を食ったような笑顔を向けられ、反射的に笑い返してしまう。

でも、この人いったい誰だろう。

なぜ親しげに笑いかけてきたのかもわからない。

……だけど、変だな。今の笑い方、どこかで見たことがあるような気がする。

男性は大股《おおまた》でズカズカと歩み寄ってくると、流れるような仕草で戸惑っている私の手を取った。

「初めまして、妃殿下。どうぞお見知りおきを」

「……ひゃっ⁉」

野イチゴを摘むため手袋《てぶくろ》を脱《ぬ》いでいたむき出しの指先に、男性はちゅっと音を立ててキスをするそぶりを見せた。

さすがに唇《くちびる》が触れることはなかったけれど、驚きすぎて上ずった声が出てしまった。

だって、陛下以外の人にこんな挨拶をされたのなんて初めてだ。

私が慌てて手を引っ込めると、彼は低い声でくくっと笑った。

「ずいぶん可愛《かわい》らしい反応をするんですね。嫁《とつ》いできたのは、傍若無人《ぼうじゃくぶじん》な姫君《ひめぎみ》だって聞いていたんですけど」

口元に人差し指を当てながら、気の抜けた調子でそんなことをいう。

こちらに対してどういう感情を抱いているのかわかりにくい人だと思った。

身長が高いせいか、目の前に立たれるとちょっと威圧感《いあつかん》があるし……。

ていうか、近いな……⁉

私がスッと間を取るように後退《あとずさ》ると、その分サッと距離を詰められた。

ええっ……。初対面だってのに、距離感おかしくないですか……⁉

「あのっ」

「こいつ誰だよって思ってます？　大丈夫。この敷地内をうろついてても怒られない立場の人間なんで。ほら、このナリを見ればわかるでしょう？」

観察してくださいと言わんばかりに男性が両手を広げる。

つい言われるがまま彼の姿を眺めてしまった私は、目の前の男性ががっしりとした無駄のない体躯《たいく》をしていることに気づいた。

もし日本で出会っていたら、間違いなくスポーツマンだと思っただろう。

……この世界でそれはないだろうから、おそらく、軍人さんとかかな。

このナリでわかるって言われても……。

胸元《むなもと》に付いているやたらたくさんの勲章《くんしょう》を見ても、そこに込められた意味なんて私が知っているはずがない。

とはいえ余計なことを言ったら、ボロが出そうだ。

陛下との出会いの場でも私はそういう失敗を犯《おか》している。

そろそろと窺《うかが》うように顔を上げると、ずっと私を見つめていたらしい瞳と、ばっちり目が合った。

うっ、気まずい。

私はそう思ったのに、男性のほうは明らかにこの状況を面白《おもしろ》がっていた。

なんというか、見られ慣れている感じがする。おそらく彼はすごくモテるのだろう。

そしてそれを自覚しているタイプだ。

喪女《もじょ》である私は、特にこういう男性が苦手だった。

「あれ？　どうしました、妃殿下。突然、警戒心むき出しの顔になりましたね」

「いえ、別にっ」

って、身元不明の人とこんな悠長《ゆうちょう》に話をしていたらまずいんじゃない⁉

魔力がないのがバレたら大変なことになるっていうのに、出会いが唐突《とうとつ》すぎてつい失念していた。

よし、逃げよう。こういうときは撤退《てったい》に限る。

この人が誰かなんてことは、陛下に会ったときに確認《かくにん》すればいい。

「すみません、私、ちょっと――」

「ああ、逃げようとしてますね。――でもだめよ。逃がさなーい」

「え……はっ⁉」

彼は私の背後に立っている木の幹に右手をつき、無遠慮《ぶえんりょ》に距離を近づけてきた。

……って、今『だめよ』って言った？

「アタシは妃殿下がどんな類《たぐい》の女狐《めぎつね》なのか知りたいの。だから化けの皮をはぐまで、解放しないわよ」

聞き間違いじゃない、やっぱり口調がオネエだ……！

もしかしてこれが彼の素《す》なのだろうか。

なんだかめちゃくちゃ辛辣《しんらつ》なことを言われているけれど、オネエなのが衝撃的《しょうげきてき》すぎて会話の中身が頭に入ってこない。

……って、そんなことよりこの体勢！

「あ、あのっ！　もう少し離れてください……！　それに私、あなたから女狐なんて呼ばれるようなことしました!?」

彼は、離れてくださいという言葉を平然と無視した。

「そんなふうにしらばっくれたって、貴女《あなた》が陛下を誑《たぶら》かしていることは、王都中の人間が知っているわよ」

私が陛下を!?

「『陛下は離宮という鳥籠に妃殿下を閉じ込めている』──こんな噂《うわさ》を民衆たちが面白がってするようになるなんてね。あの完璧《かんぺき》な陛下も、まだまだ子供だったってことかしら」

「なんですか、その噂!?」

「陛下が公務の場に妃殿下を連れていかないのは有名な話よ。毎回、『我が妻には公務を行わせない』『我が妻は表には出さない』と言って突《つ》っぱねてるらしいじゃない？　それが噂になって、『陛下は新妻が大事すぎて、自分以外の者と関わらせたくないんだろう』『溺愛《できあい》しすぎて、妃殿下のことになると我を忘れてしまうのだろう』なんて言われてるわけ」

『魔力だけじゃなくご寵愛《ちょうあい》も最強レベルか……』

なっ、ななな……!?　我を忘れる!?　溺愛!?

「そんなことありませんっ……！」

思わずそう叫《さけ》ぶと、私の声に驚いたのか一匹《ぴき》の蝶々《ちょうちょう》が近くの茂みから舞い上がった。王宮のほうに逃げていった蝶々を複雑な気持ちで見送りながらため息を吐く。

なんでそんなわけのわからない噂が立ってしまったのだろう……。

「あはっ。ひどいわねえ、妃殿下。陛下に溺愛されてるんでしょう？　なのにそれを全否定するの？　陛下は足繁《あししげ》く妃殿下のもとに通われているわよね？」

「そ、それは……。でも別に我を忘れてるとかってことじゃないです……！」

「なるほど。そういうタイプ。『私はそんなつもりないのにぃ、陛下が勝手に夢中になってるのぉ』ってことでしょう」

「はぃいっ⁉」

「か弱そうな見た目をして、とんだ悪女ね」

どうやらこの人はなんとしても私を悪者に仕立て上げたいらしい。

なぜそこまで敵視されるのか。

侍女さんたちが私を煙《けむ》たがるのと同じ理由なのだろうか。

そうだとしても、なんでこんな執拗《しつよう》に絡んでくるのか。

「あなたいったい、なんの目的で——」

そう言いかけたとき、唐突に地面から猛烈《もうれつ》な風が巻き上がった。

なっ、なにこれ……⁉

奇《き》っ怪《かい》な現象を前に言葉を失う。

私たちを遮断《しゃだん》するかのように現れた風はどんどん勢いを増し、男性を追い立てる竜巻《たつまき》へと変貌《へんぼう》した。

彼は慌てて飛び退《すさ》ったが、立っているのもやっとという状態だ。

ところが不思議なことに、すぐ傍にいる私はなんともない。

さすがに気づいた。この不自然さ、これは魔法《まほう》だ。

「ちっ。お早いお出ましで……」

男性が両手を広げて呪文《じゅもん》のようなものを唱えると、彼の腕の中に具現化した風がしゅるしゅると吸い込まれていった。

辺りが静かになったところで、木々の向こうから姿を現したのは、不機嫌を隠そうともしない陛下だった。

「これはこれは、陛下。半年ぶりかしら」

「久しぶりでも俺を苛立たせるところはまったく変わらないな、ローガン」

「ひどい言われようねえ。陛下のためを思っての行動だってのに」

「的外れすぎて呆《あき》れる」

ローガンと呼んだ男性を睨《にら》みつけたまま、陛下は庇《かば》うようにして私の前に立った。

「陛下……。どうして……？」

普段、こんな時間に陛下が会いに来ることはない。

だから今彼が現れたことは、到底《とうてい》、偶然《ぐうぜん》とは思えなかった。

「虫の知らせがあったんだよ」

そんなわけがない。

また見張りをつけられていたのだろうか。だったら教えてくれればいいのに。

知らない間に自分の行動が筒抜《つつぬ》けになっているなんて恥ずかしすぎる。

「本当のことを教えて」

ムッとして陛下を睨むと、意外にも彼は露骨《ろこつ》に狼狽《うろた》えた。

いつもの余裕な態度で流されてしまうかと思ったのに。

私が怒るのが珍《めずら》しいからか、ローガンと呼んだ彼を威圧していた時とは別人のような態度で、陛下は宥《なだ》めるように私に向き直った。

「待て、エミ。話を聞いてくれ」

「聞いてます」

「……！　お、怒ってるのはわかった。でも、いつもどおりの口調で話してくれ」

「それより！　私のこと見張ってたんですか？　答えてください」

「……っ。エミ……！」

「あっははは」

私と陛下が言い合っていると、会話を無理矢理中断させるような笑いが背後で起こった。

ハッとして振り返ると、感情のこもっていない瞳で、ローガンさんが私たちを眺めている。

「妃殿下の疑問にはアタシが答えてあげる。さっきあなたが声を上げたとき、蝶が舞ったでしょう？　あれは陛下が仕込《しこ》んでいた魔道具《まどうぐ》よ。あの魔道具は妃殿下の行動のすべてを見張っていて、何かあれば陛下に逐一《ちくいち》報告する仕組みってわけ」

え……!?　あの蝶が監視《かんし》カメラ代わりだったってこと!?

陛下を見上げると、気まずそうに視線を逸らされた。

ちょっと、もう……！

「でも安心したわ、陛下。完全に骨抜《ほねぬ》きにされちゃって、まともな判断力を失ってると思ってたから。監視をつけるぐらいの理性は残ってたのね。まあ、それでもこんな人間を野放しにしておくなんて、どうかしてるけど」

こんな人間って……。あまりの言いぐさにびっくりして目を見開くと、ローガンさんは陛下だけを見つめたまま、愛情と同情と苛立ちのこもった声で言った。

「ねえ、陛下。いったい何のつもりでこのお姫《ひめ》様を自由にさせてるの？　──異世界人なんかを」

第二章

『異世界人なんか』って……！

なぜバレたの⁉

陛下がたびたび警告してくれていたのに、また、気づかないうちにヘマをしてしまったのだろうか。

しかも、明らかに私を敵対視してる人に見破られてしまうなんて……。

ローガンさんの表情を窺《うかが》うと、彼は確信を持った態度でこちらの出方を待っていた。

ああ、最悪だ。

これは陛下の時と完全に同じパターンだ。

彼は疑念を抱《いだ》いているんじゃない。

私が異世界人だと完全に気づいている。

こうなってしまったら下手な嘘《うそ》をついたところで誤魔化《ごまか》すことなど不可能だ。

「事故死したはずの王妃《おうひ》が、国葬《こくそう》の最中に生き返ったと聞いたときから、妙《みょう》だとは思っていたのよ。異世界からの転生者が体を乗っ取って蘇《よみがえ》ってたってのは、さすがに予想外だったけど」

「へぇ。おまえは異世界転生なんておとぎ話を本気で信じるのか？」

「今までは作り話だと思っていたわよ。でも、まったく魔力《まりょく》を持たない人間が目の前に現れちゃったんだもの。しかも妃殿下《ひでんか》は一度死んで、生き返っている。まさに伝承で伝えられているとおりじゃない。どれだけ現実離《げんじつばな》れしていようが、さすがに受け入れるしかないでしょう？　だから二人とも、『異世界からの転生者じゃない』なんてくだらない主張をするのはやめてちょうだい。そんな茶番、時間の無駄《むだ》よ」

これはもう認める意外の選択肢《せんたくし》がないということだ。

『異世界人だとわかれば、確実におまえを排除《はいじょ》しようとする者が出てくる』

いつか陛下が言っていた言葉を思い出し、血の気が引いていく。

そのとき、右手にふわっとあたたかい温《ぬく》もりが触《ふ》れてきた。

包み込むように私の手を握《にぎ》ってくれたのは陛下だ。

私が不安がっているのを察して気遣《きづか》ってくれたのだろう。

「陛下、私また――」

やらかしてしまった。そう言おうとした言葉は、「違《ちが》う」という陛下の声に遮《さえぎ》られた。

「エミのせいじゃない。こいつに会ってしまえば、隠《かく》しようがなかったんだ」

「どういうこと？」

「ローガンは火魔法《ひまほう》の遣《つか》い手《て》としてその能力を買われ、若くして魔獣討伐《まじゅうとうばつ》部隊の隊長に抜擢《ばってき》されたほどの実力者だ。今では軍事司令官の地位に就いている。間違《まちが》いなくこの国で五本の指に入る魔力の遣い手だ」

「……っ。そんなすごい人なの……」

「火魔法だけで張り合ったら、俺でも勝てるかわからない」

「またまたぁ。陛下はこの国で最強の魔法戦士よ。アタシなんかに負けるわけがないわ。ていうかアタシ以外の誰《だれ》が相手でも負けたりしたら許さないわよ？」

口調は軽いけれど、言葉の中に含《ふく》まれた感情から、ローガンさんがどれだけ陛下を認めているかが伝わってきた。

「……そんな陛下にまさか弱みができてるなんて。まだ手遅《ておく》れじゃなさそうなのが唯一《ゆいいつ》の救いだったわ。噂《うわさ》を聞きつけて、急いで戻《もど》ってきてほんとによかった！　まったくこのお姫様《ひめ》の何がそんなにお気に召《め》したのよ？」

やれやれというように首を振《ふ》ったローガンさんが、苦虫を噛み潰《つぶ》したような顔で私を見てくる。

「そりゃあたしかにとんでもない美少女よ。でも色々とまだ子供じゃない？　いつの間に好みが変わったのかしら。あなた、自立心の強い大人の女が好きだったはず――」

「エミ、聞かなくていい！」

「わぁ⁉」

突然《とつぜん》、陛下の両手で耳を塞《ふさ》がれてしまった。

目の前にいる陛下を見上げれば、平静を装《よそお》いながらも無茶苦茶焦《あせ》っている。

「陛下？　なんでそんなに慌《あわ》てるの？　陛下の好みがどんな人だって私は気にしないよ？」

「……」

そもそも陛下の好みを聞くのはこれが初めてではない。

知り合ったばかりの頃《ころ》にも、『筋骨隆々《きんこつりゅうりゅう》で俺よりガタイがよくて、戦場をともに駆《か》け抜《ぬ》けられるような猛者《もさ》』がいいと言っていた。

結構特殊《とくしゅ》な趣味《しゅみ》をしているなと思ったので、印象に残っているのだ。

まったく、話した当人のほうが忘れちゃうなんて。

私は耳を塞いでいる陛下の手を掴《つか》み、やんわりと外した。

「……エミ、とにかくローガンの戯《ざ》れ言《ごと》は忘れてくれ。こいつはいつもこうなんだ。昔から年上面《づら》をして、俺のやることなすことにケチをつけてくる。口うるさい乳母《うば》みたいなやつなんだよ」

「昔からの知り合いなの？」

「知り合いどころか、アタシと陛下は従兄《いとこ》同士よ。ポッと出の嫁《よめ》なんかと違って、長くて深ぁい付き合いなんだから」

従兄と言われてハッとなる。

ローガンさんの意地悪な笑顔《えがお》に見覚えがあると思ったら、陛下と似ているのだ。

「おい、ローガン。俺とエミの会話に割り込んでくるな」

「陛下ってばひっどーい！　三人でいるのに一人だけ仲間外れにしようっていうの!?」

肩《かた》を組んで陛下の頭にぐりぐりと額を擦《なす》りつけるローガンさんと、それを鬱陶《うっとう》しそうに払《はら》いのける陛下。たしかに二人の間には従兄弟同士の気安さがあった。

ていうかローガンさん、陛下が来たらだいぶ態度が柔《やわ》らかくなったような気がする。

でも、これはこれで過剰《かじょう》にお茶らけている感じがした。

この手のタイプの人は、本心がどこにあるのかわかりにくい。

「それにしても、ほんとに陛下ったら、どうして異世界人なんかを好きになっちゃったのかしら。この世界の人間とは違う感覚を持っているところが面白《おもしろ》かったの？　でも文化の違いを楽しんでいられるのなんて最初のうちだけよ。真新しさがなくなって飽《あ》きてくれば、相違点《そういてん》は煩《わずら》わしさしか生まないってのに」

「ローガン、いい加減にしろ。おまえに何がわかる。俺がエミに飽きるだって？　ハッ。くだらない」

「たとえあなたがどれだけの気持ちで妃殿下を想《おも》っていようと、彼女が異世界人である時点で、それは許されぬ恋《こい》なのよ」

「エミがこの世界に災厄《さいやく》をもたらすと決まったわけじゃない」

「でも、もたらすかもしれない。半分の確率で国を滅《ほろ》ぼすとされる存在を自分の傍に置いておくなんて間違っているわ」

「エミをどうするかは国王である俺が決める」

「まあそうね。でもアタシたち臣下が進言することをやめたら、国政が乱れるわ」

「だったらこの話の続きは城ですればいい。エミに聞かせることはない」

「国を左右するほどの問題なのに、当事者である妃殿下は知らん顔で、陛下にすべてを任せっぱなしなの？」

見下しているような眼差《まなざ》しをローガンさんがちらりと私に向ける。

「おい、ローガン！　いい加減にしろ」

「あらぁ、こんな場面でも陛下に庇《かば》わせるの。これじゃあ、公務もせず籠《かご》の鳥でいることを惨《みじ》めに感じないわけよねえ」

ははあ、なるほど。どうやらローガンさんは敵視している私に厭味《いやみ》を言いたくて仕方ないらしい。

さっきはいきなり女狐《めぎつね》とか誑《たぶら》かしているなどと言われたせいでさすがに動揺したけれど、彼の挑発《ちょうはつ》に乗ることもない。

しかも、ローガンさんは陛下の従兄だ。旦那《だんな》さんの親族との関係は、仲良しとまではいかなくても、良好であるに越《こ》したことはない。

それに、長年社会人をやっていると、わざと意地悪なことを言ってくる人なんて山ほどいた。

始終八つ当たりをしてくる上司や、身勝手な要求をしてくる取引先の人を、大人の処世術でやり過ごしていた日々の記憶《きおく》が甦《よみがえ》ってくる。

自分に向けられる不快な言葉を真に受けて感情を乱されることはない。

こういうときこそ冷静に対処し、客観的な意見を言ったほうが相手の毒気を抜けることを、私は経験から知っていた。

「公務に参加できないことは、おっしゃるとおりで申し訳ないです。ただ現時点での私の立場は、国に災厄をもたらす可能性のある危険人物というものですよね。この環境下《かんきょうか》で私が表に出ていくことは、リスクのわりに実入りが少なすぎませんか？」

仕事の会議で意見するときの感覚で話すと、陛下とローガンさんはぽかんとした顔になった。

あれ、わかりづらかったかな。

「あの、つまり、この場合リスクというのは人前に出ることで、現王妃が異世界からの転生者だとバレてしまい、それによって排除しようとする勢力が現れ、いらぬ火種を生むということですね。実入りは、パッと思いつくところだと、先ほどローガンさんが言っていたような、噂話《うわさばなし》を立てられなくなる程度でしょうか。――これだとやはり今は、表に出ていって公務をするのはやめておいたほうがいいように思えます。たとえ籠の鳥だと馬鹿にされているとしても」

ムキになって怒《おこ》ったりはしないけれど、言われてばっかりでもないんですよ。

そんな気持ちを込《こ》めて、にっこりと笑ってみせたら、目を丸くして話を聞いていたローガンさんは、にやりと口元を歪《ゆが》めた。

「ふん、面白いじゃない。安い挑発に乗らないぐらいの頭と、言い返してくる強《したた》かさはあるってわけね」

「そもそも、エミには俺が公務をしなくていいと言ってる。異世界人だから矢面《やおもて》に立たせるわけにはいかないことぐらい、おまえだってわかるだろう」

陛下の言葉に、ローガンさんが肩を竦《すく》める。

「どうしても私に実益を求めるというのなら……、ちょうど裏方として陛下の公務を支えるための準備をしていたところなんです。まだ試《ため》している段階ですが」

私は陛下とローガンさんに、栄養ドリンクのことを説明した。

「えいようどりんく？　なんのことだかよくわからないけど、それで公務の穴埋《あなう》めができるって言うわけ？」

「それは現時点では何とも言えません。効果がどれくらい出るかは、まだ全然わかっていないので」

「なによ。それじゃあ話にならないじゃない」

「そんなことない」

私の代わりに陛下が答える。

「エミの作った品を公務などと比較《ひかく》できるわけがない。それには一国を揺《ゆ》るがすほどの価値があるのだから。ローガンもエミの癒《いや》しアイテムを使ってみれば、くだらない口を挟《はさ》む気などなくなるはずだ。エミ、今言っていた栄養ドリンクとやら、もう完成しているのか？」

「うん、一応」

「なら今すぐローガンにわからせてやろう。エミがどれだけ特別な存在かってことを」

◆

陛下の提案で、ローガンさんに栄養ドリンクを試飲してもらうことになったので、私たちは林を出て、作業台のある井戸の前へ移動した。

氷を張った桶《おけ》に入れて冷やしておいたガラス瓶《びん》を取り出すと、陛下が一際《ひときわ》うれしそうな声を上げる。

「これはもともと俺のために作ってくれたんだろう？　ありがとう、エミ。うれしいよ」

「そ、そうだけど……！」

でも、私の両手を握りながら言うのはやめよう!?

ローガンさんの視線が痛すぎるので……！

「きぃいいっ、隙《すき》さえあればイチャイチャして！　お姫様、もうちょっと慎《つつし》んだらどうなのっ!?」

「私ですかっ!?」

そう思うなら、陛下を止めてよ……！

「……それにしても、やむを得ないとはいえ、エミが俺のために作ってくれたものを、ローガンにも飲ませるなんて腹が立つな」

「ねえ、陛下、それなんだけど……。本当にローガンさんにも飲んでもらうの？　栄養ドリンクって、そこまで劇的な変化を期待できるようなものじゃないよ？」

「安心しろ。エミの作った癒しアイテムは、今のところどれも凄《すさ》まじい効果を発揮してきただろう？」

「どれもって、アロマミストとブサカワさん二号だけだし。しかも効果が出たのは、陛下限定の話だよ」

以前、ジスランさんと侍女《じじょ》さんにも試してもらったけれど、その二人には特に変わったことなど起きなかった。

「ジスランたちはそもそもの魔力量が少ないのだから仕方ない。だが、ローガンは違う。こいつほど膨大な魔力を持っていれば、確実にエミの持つ不思議な能力の影響《えいきょう》を受けるはずだ」

陛下は、癒しアイテムに宿る不思議な力の存在を信じきっているので自信満々だ。

仕方ない……。

陛下のためにしていたことはまだこのぐらいしかないし、今の私に選択《せんたく》の余地はない。

私は洗っておいたグラスに、レモンとミントで作った栄養ドリンクを注いだ。

「ローガンさん。これは栄養ドリンクという飲み物です。疲《つか》れているときに飲むと、時的に気力が回復して、元気になれるような成分が含まれています」

ローガンさんは無言のままグラスを見つめている。

私のことをすごく警戒《けいかい》しているみたいだし、そんな相手の作ったものなんて飲みたくないのだろう。

これならアロマミストを試してもらったほうがいいんじゃないかな。

そう考えて提案しようとした矢先、ローガンさんはガッとグラスを掴むと、勢いよく煽り、中身を一息で飲み干してしまった。

「……っ。な……なによ、これ……」

途端に驚愕《きょうがく》の表情を浮《う》かべたローガンさんが、自分の両手を見下ろす。

「信じられない……。体の内側からみるみる力が湧き上がってくる……！　陛下！　この飲み物はものの数秒で、体力を完全に回復させるわよ！」

「え!?　体力を完全に回復って……」

そんな大げさな……!?

「エミ、俺ももらっていいか？」

「あ、もちろん」

陛下はローガンさんのグラスを取ると、自らの手でガラス瓶の中身を注いだ。

ローガンさんとは違って、味わうように飲みはじめる。

それでも結局、陛下もまた一息で、グラスの中身を空けてしまった。

「……っ。……たしかにローガンのいうとおりだ……。体力が回復していくのがわかる」

「こんなこと、前代未聞《ぜんだいみもん》よ……。はっ！　こっちの飲み物はどうなのかしら!?」

ミントで作った栄養ドリンクを入れたグラスを、ローガンさんが手に取る。

今度は迷うことなく、口をつけてくれた。

「……！　陛下!!　た、大変！　こっちは魔力量が回復するわよ!!」

「なに!?　グラスをこちらに！」

なんだかとんでもないことになってしまった。

陛下とローガンさんはまだ信じられないというように自分の手のひらを見下ろしている。

「あのぉ、それ気のせいじゃなくて……？」

二人の驚《おどろ》きに水を差すようで悪いなと思いながら問いかける。

栄養ドリンクは『元気になったような錯覚《さっかく》を覚えさせる飲み物』である。だから魔力や体力が戻ったとしても、一時的なのではないだろうか？

ところが、陛下にきっぱりと否定されてしまった。

「気のせいなんかじゃない。俺たちは無詠唱《むえいしょう》で、自分の体力や魔力量の数値を確認《かくにん》することができる。さっき俺やローガンが手のひらを見ていただろう？　エミにはわからないだろうが、俺たちには自分の能力値が確認できてるんだ」

な、なるほど。ゲームなんかでよくあるステータス確認能力を持っているのか。

そう言われてもやっぱりまだどこかで疑ってしまう自分がいる。だって、ただの栄養ドリンクが、回復薬みたいな効果を発揮するだなんてにわかには信じがたい。

「エミ、これこそ本当に国を揺るがす発明だよ」

「え!?　それは災厄的な意味で……？」

「まさか！　この飲み物のおかげで、我が国の軍隊を立て直せるはずだ」

「軍隊……」

話がどんどん大きくなっていく。

「それで、ローガン。エミに言ったことを撤回《てっかい》する気になったか？」

「……ええ。さすがにこれは認めざるを得ないわね」

ローガンさんは私に向き直ると、慇懃《いんぎん》な態度で片膝《かたひざ》をついた。

そこには最初に見せたような人を食った笑《え》みや、本性《ほんしょう》を現した後の敵意を孕んだ嘲笑《ちょうしょう》はなく、彼は真面目な顔で深々と頭を下げた。

「貴女《あなた》は災厄の神子《みこ》などではない。その特別な力でこの国の民《たみ》を救うために現れた救済の神子だったのですね。数々の無礼な発言をお許しください。妃殿下のお気が済むまで、どんな罰《ばつ》でも受けます。市中引き回しでも、石責めでも」

「いやいや、怖《こわ》い冗談《じょうだん》はやめてください⁉　それに跪《ひざまず》くのもなしで……！」

助け起こそうとして両手を差し出したら、ローガンさんは跪いたままの体勢で、救いを求めるように私の指先を握ってきた。

「妃殿下、どうか我が軍に力をお貸しください。貴女の援助《えんじょ》が必要なのです」

その眼差しから切実さが伝わってくる。

私にはローガンさんの人柄《ひとがら》や本質がいまいちよくわからなかったけれど、今の彼は本音を口にしていると思えた。

先ほど陛下も「軍を立て直せる」と言っていたし、どうやらこの国の軍隊には何か切羽《せっぱ》詰《つ》まった事情があるらしい。

陛下とローガンさんはその問題を解決するのに私の作った栄養ドリンクが役立つと考えているようだ。

多分、ローガンさんはそのために私への悪感情を露《あら》わにするのはやめたのだろう。

でも、態度をがらりと変えたからといって、私への敵意がローガンさんの中からなくなったとは思えなかった。

そういう単純なタイプには見えないもんね……。

とはいえものすごく困っているのは事実だろうし、こんなふうに頼《たよ》られたら断ることなんてできない。

「えと、私にできることなら」

その瞬間《しゅんかん》、ローガンさんがホッとしたように深く息を吐《は》いた。

「ありがとうございます、妃殿下。あなたはやはり素晴《すば》らしい方です！」

なんだか政治家の褒《ほ》め殺しみたいだなと思いながら、それは過大評価ですよと言って苦笑いを返しておいた。

◆

ローガンさんが栄養ドリンクを「部下の兵士たちにも飲ませたい」と言うと、陛下は私の意思を確認してから条件付きで許可を出した。

条件とは、誰が作り出したかは明かさないというものだ。

私の存在が注目を集めると、それだけ異世界からの転生者だとバレるリスクも増える。

ただ、いつまでも作り手を隠しとおせるわけがないので、表向きの開発者を用意するそうだ。

私はもちろん悪目立ちなんてしたくないし、ローガンさんも陛下の案に賛成だった。

「妃殿下の特殊な能力が知《し》れ渡《わた》れば、他国もその力を確実に欲《ほっ》するはずよ。最悪、妃殿下を巡《めぐ》って戦《いくさ》が起きかねないわ」

「栄養ドリンクのせいで戦!?」

万が一そんなことになってしまったら、戦争を引き起こした原因として文字どおり『災厄の異世界人』認定《にんてい》されてしまうのではないだろうか。

これは絶対、栄養ドリンクの作製者だとバレるわけにはいかない。

徹底的《てっていてき》に裏方ポジションを死守しなければ……！

それからすぐ、ローガンさんは兵舎に栄養ドリンクを届けてから、改めて陛下のもとへ向かうと言い残して立ち去っていった。

「なあ、エミ。軍に力を貸すという話、本当によかったのか？　俺やローガンはもちろん助かるけど、エミに無理はさせたくない」

二人きりになるのを待って、陛下が尋《たず》ねてきた。

そのほうが気兼《きが》ねなく、私が本音を話せると思ったのだろう。

「ありがとう、陛下。でも大丈夫《だいじょうぶ》だよ。もともと私でも役に立てることを探していたし。それにローガンさんにもちゃんと認めてもらいたいしね」

「ローガンに？　どうして？」

「だって、陛下の従兄で、幼なじみなんでしょう？　二人の気安い態度を見ていればわかるよ。私がこれから陛下の妃《きさき》としてやっていくなら、嫌《きら》われたままはあまりよくないかなって思って」

旦那さんの親戚に嫌《いや》がられている妻って悲しいじゃない？

「やばい……。今のもう一回言って。『陛下の妃』ってやつ」

何が陛下の琴線《きんせん》に触れたのか、めちゃくちゃうれしそうに腰《こし》を抱かれて、わあっとなる。

「エミ、早く」

「や、やだよ。言わない……」

「なんで。さっきは言ってくれたのに」

「さっきはこんな空気じゃなかったからね!?」

距離感《きょりかん》が恥《は》ずかしいので、陛下の胸に手をついて抗《あらが》ってみたけれど、私の腰を両手でしっかり抱いている陛下は離《はな》してくれそうにない。

「って、そうだ！　そんなことより陛下、あの蝶々《ちょう》のこと！　黙《だま》って監視《かんし》しているなんてショックだったよ……！」

「それは……ごめん……。あ！　でも、もちろんエミが自室で過ごしている時は、俺が覗《のぞ》けないようになってるから」

一応最低限のプライバシーは守られていたようだ。

「エミは不快だろうけど、できれば今後も部屋の外に出る場合は、蝶に見守らせたい」

「……う、ううう－ん。…………………………わかった」

ローガンさんも言っていたとおり、危険人物かもしれない私は本来、ふらふらと自由に歩き回れる立場ではない。

それを陛下は、離宮《りきゅう》の周辺でなら好きに過ごしていいと言ってくれている。優《やさ》しさで譲歩《じょうほ》してくれている彼に対して、自分の望みばかりを主張するわけにはいかない。

「不自由な生活をさせてごめん」

「ううん。しょうがないよ。それにほら！　さっきは蝶々のおかげで助かったから」

私一人では、あのときのローガンさんと渡り合うのは無理だった。

「……なあ、エミ、ローガンには気をつけろ」

「ん？　うん。そうだね。残念だけど、ローガンさんは絶対的味方って感じじゃないもんね」

「いや、そういう意味じゃなくて。あいつ、俺が駆けつける前、エミに馴《な》れ馴れしく接していただろ。本当に油断も隙もあったもんじゃない。だから会わせるのが嫌だったんだ」

「もしかして昨日陛下が言ってた『私と引き合わせるわけにはいかない』人って……」

「そう。ローガンのことだ。国境防衛の指揮を任せてあったし、帰還《きかん》するならあと数日はかかると思って油断した。裏をかくのが得意なやつだってわかってたのに……。くそっ」

「私の魔力が皆無《かいむ》だって、見抜《みぬ》けちゃう人だもんね」

それは陛下としても会わせるわけにはいかなかったはずだ。

「それもあるけど、俺が警戒しているのは……」

そこで言葉を止めた陛下が、何か言いたげな顔で私をじっと見つめてきた。

「エミ、ローガンを好きになったらだめだからな」

「え!? 好きになるもなにも、ローガンさんってあっ、あっちの人だよね……？」

「あっち？」

「つまり、男性が好きなんじゃ……」

「あの口調はフェイク。相手の警戒心を解くために演じているんだ」

まさかあのオネエ口調がキャラ作りだったなんて。

ローガンさんってば、ますます底が知れない。

「あいつが恋愛対象とするのは女性だ。しかも、自分と渡り合える肝《きも》の据《す》わった女性が好みときている。だから気をつけて。――ローガンは必ずエミを気に入る」

「まさか……！　明らかに敵対視されてるのに、そんなことありえないよ」

「第一印象なんていくらでも変わるだろ。――あいつは大人だし、余裕《よゆう》もあるし、あんな喋《しゃべ》り方をして適当に生きてるくせに、なぜかやたらとモテる。だから、すごく心配だ」

陛下は私の額にコツンとおでこをあてると、切ないため息を零した。

何この態度……。

かわいすぎやしませんか……!?

こんなふうにやきもちをやかれたのなんて、二十八年間生きてきて生まれて初めてだから、私はどうしようもなくドキドキしてしまった。

第三章

その晩、エミリアちゃんに昼間の出来事を話した。ローガンさんから向けられた敵意については隠《かく》したにもかかわらず、エミリアちゃんは露骨《ろこつ》に顔を顰《しか》めた。

「何よそれ！　エミがのんびりできなくなっちゃうじゃない！　しかも兵士と関わるなんて！　そんなむさ苦しい獣《けもの》共の中にエミを放り込むなんてありえないわっ」

むさ苦しい獣……!?

私は苦笑《くしょう》して、ぷりぷりしているエミリアちゃんを宥《なだ》めた。

「私が兵士さんたちと直接関わるわけじゃないから」

「それでもよ！　エミったら本当にお人好《ひとよ》しなんだから！　とにかくその軍事司令官だったかしら。その男が信用できる相手なのか、明日情報を集めてくるわ。こんな時こそ精霊《せいれい》情報網《じょうほうもう》を使わないとね」

「精霊情報網？　そんなものがあるの？」

「ふふん。精霊界ってそういうところ意外としっかりしてるのよ。たとえば、神聖な森を魔獣《まじゅう》が破壊《はかい》しているとか、天災が予想の規模を上回ってしまったとか。そういう時は、その地区担当の精霊だけじゃ手に負えないから、精霊情報網を使って適当な助《すけ》っ人《と》を探し出すのよ。理事会だってあるし、緊急事態《きんきゅうじたい》に備えて普段《ふだん》から情報交換《こうかん》の集会も開いているのよ」

「へえええ！　ちなみに精霊さんたちって、みんなもふもふなの？」

「見た目や大きさは色々だけれど、もれなくもふもふね！」

なんと……！　もふもふたちの集会が開かれているなんて！

その場面を想像して悶絶《もんぜつ》する。

「そんなの絶対かわいい……！　究極の癒《いや》しだよ……！」

「なーによ。最高のもふもふがここにいるでしょっ」

膝《ひざ》の上にいるエミリアちゃんが、尻尾《しっぽ》を揺《ゆ》すって私の手をぽふぽふと叩《たた》く。

「だけど、エミが気になるっていうのなら、そのうち精霊集会に連れていってあげるわ」

「ほんと？　楽しみ！」

「精霊界にも様々なルールがあるみたいで、人間が集会に紛《まぎ》れ込むのはかなり難しいんだけど、エミなら多分大丈夫《だいじょうぶ》だと思うわ」

「どうして大丈夫なの？」

「根拠《こんきょ》のない私の勘《かん》よ！」

「えええっ」

「でも、エミってどんな不可能も、あっさり成《な》し遂《と》げちゃうようなところがあるじゃなもふい？　だから、いつかきっと、集会にも参加できるわ」

私は、エミリアちゃんが思っているようなすごい人間なんかでは全然ないけれど、もふもふ会への参加が実現したら、素敵《すてき》だなと思った。

翌日は半日使って材料の手配をした。取り急ぎ栄養ドリンクが必要なのは、ローガンさんと一緒《いっしょ》に国境での戦闘《せんとう》に参加した第十二黒鷹《くろたか》軍団騎兵隊《きへいたい》の人たちらしい。

それでも総勢三百人だというので、いつものように食材を厨房《ちゅうぼう》から分けてもらうだけでは到底賄《とうていまかな》えない。作った栄養ドリンクを入れるガラス瓶《びん》だって全然足りなかった。

三百人分の栄養ドリンクに必要な食材と道具類を調べ終えると、王都に出向けない私に代わってメイジーが発注に向かってくれた。

メイジーはすでに私が栄養ドリンクの作り手だと知っているので、他言無用という条件のもとで個人的に手伝ってもらうことになったのだ。

秘密にしなきゃいけないなんて煩《わずら》わしく感じるかなと心配したのだけれど、彼女は「妃《ひ》殿下《でんか》のお傍《そば》で特別にお仕えできるなんてうれしいです！」と喜んでくれた。

そんなわけでメイジーの協力もあり、なんとか一日で栄養ドリンクの材料をそろえるこ

とができた。そしてもう一つ、エミリアちゃんがローガンさんと第十二黒鷹軍団騎兵隊についての情報をこの一日で集めてきてくれたのだ。

「別にこのくらいたいした苦労でもなかったわ。精霊たちの間でも、ローガンが参加した国境での戦闘のことは注目されていたみたいね」

「精霊が注目……って、どんな戦闘だったの？」

「順を追って説明するわね。そもそもの話は半年前。国境沿いにたびたび危険度ランクのかなり高い魔獣が現れるようになったらしいの。国境に駐在《ちゅうざい》している防衛軍が対応したらしいんだけれど、撃退《げきたい》するだけで退治はできなかったうえ、かなりの死者が出たそうよ。そこで白羽の矢が立てられたのが軍事司令官のローガン・ヒルというわけ」

「あの……エミリアちゃん、『魔獣』っていうのは？」

「ああ、そうか。エミの元いた世界には、魔獣が存在しないのね。魔法《まほう》を使って人間に危害を及《およ》ぼす害獣《がいじゅう》のことを、この世界では魔獣って呼ぶのよ。火を吐《は》いて街を消滅《しょうめつ》させてしまったり、中には人間を食料にするような魔獣もいるの」

衝撃《しょうげき》が強すぎて絶句する。

「到底共存できないから、現れてしまったら退治するしかないわ。魔獣がどこからやってくるかとか、その生態についてはまだまだ謎《なぞ》の部分が多いの。私の祖国に比べて、この国はなぜか魔獣の発生率がすごく高いのよね。多分、何か理由があるんだろうけれど。その原因も現時点ではわかっていないようね」

「そんな問題をこの国が抱《かか》えていたなんて……。私、何も知らなかった……」

「陛下を庇《かば》うつもりはないけど、王都からは遠い国境での話だし、エミを怖《こわ》がらせたくなかったんでしょうね」

「魔獣は国境にしか出ないの？」

「いいえ。この王都を中心に陛下が強力な魔法陣《まほうじん》を張って守っているんですって。だから陛下が王都にいる限り、ここは安全よ」

「陛下が常に結界を……!?」

それならよかったという話でもないので、私は複雑な気持ちで黙《だま》り込んだ。

「あっ、でもほら、ローガン・ヒルの部隊が今回の魔獣は倒《たお》したから、しばらくは平和なはずよ！　……帰還《きかん》した兵士は相当疲弊《ひへい》しているらしいけど」

「そうなんだ……。だから私の栄養ドリンクが必要だったんだね……」

こんな話を知ってしまった今、私は何が何でも国境を守るために危険な魔獣と戦ってくれた帰還兵たちの力になりたい、という気持ちを持つようになっていた。

「本当はこの話、エミにはしたくなかったのよね」

「え？　どうして？」

「だって、エミは優《やさ》しいから。絶対、放っておけないって思っちゃうでしょ？」

「それは当然だよ」

「はぁ、やっぱり……。止められないのはわかってるけど、無理するのはだめよ？　人助けのためにエミが働いてボロボロになったりしたら本末転倒《ほんまつてんとう》なんだからね！」

エミリアちゃんは「心配だわ」と言いながら、私の腕《うで》に尻尾を巻きつけてきた。

……栄養ドリンクを作るだけじゃなくて、何かもっと私にできることはないのかな。

国のために戦って疲弊した帰還兵たちを救えれば、きっと少しは陛下の役にも立てるはずだ。ベッドに入ってからも、ずっとそんな考えが頭の中を回っていた。

枕元《まくらもと》のエミリアちゃんは、すやすやと寝息《ねいき》を立てている。

私はベッドをそっと抜《ぬ》け出《だ》し、書きもの机へと向かった。

手元のランプに火を点《とも》して、ガラスペンを取る。それから窓の外が白みはじめるまで、ひたすら自分が作れる癒しアイテムの一覧を書き出していった。

栄養ドリンク作りが落ち着いたら、これをローガンさんに提案してみるつもりだ。

◆

翌日から、本格的に栄養ドリンクの作成に取りかかり、その日は三時間ほど休憩《きゅうけい》なしでひたすらドリンクを作り続けた。

ローガンさんは重たいガラス瓶を移動させたりという力仕事を、意外にも積極的に手伝ってくれた。

今回新たに取り寄せたガラス瓶は兵士さんに振《ふ》る舞《ま》うために特注したもので、もともと私が使っていた瓶と比べて倍以上の大きさをしている。

中身が入っていると相当な重さで、私とメイジー二人がかりでようやく持ち上げられる感じなのだ。

それをローガンさんは片手で易々《やすやす》と運んでしまう。

ローガンさんが力仕事を手伝ってくれるのはとても助かる。

ただ問題は、あれからがらりと変わったローガンさんの態度だ。

「こんな一兵士の願いを聞き入れてくださったことといい、妃殿下ほどお優しい人にアタシ会ったことがないわ！　見た目からして地上に舞い降《お》りた天使って感じなのに、中身まで完璧《かんぺき》な人格者だなんて、本当に素晴《すば》らしいわ」

「……」

ローガンさんはずっとこの調子で、口を開けば私を過剰《かじょう》に持ち上げるようなことばかり言い出すのだ。はっきり言って、めちゃくちゃ居心地《いごこち》が悪い。ご機嫌《きげん》を取り続けなければ、私が協力しないとでも思っているのだろうか。

「あの、ローガンさん。そういうのはもういいんで……」

「あら。天使って言い方が気に入らなかったかしら。じゃあ女神《めがみ》ね！　うん、間違《まちが》いない！　妃殿下は女神よ。だって後光が差しているもの！　アタシには見えるの。まぶしっ！」

ちょっと笑いそうになった。

だって後光って！　しかもちゃんと眩《まぶ》しがってるし。いや、見えてないよね⁉

こんな調子で意味のわからない褒《ほ》め殺しをされるのは、さすがにね……。

「持ち上げてくれなくても、手伝うと約束した以上は責任を持って最後までやり遂げます。だからそんなふうに無理しないでください」

「あら……。どうしてアタシが無理してるだなんて思ったの？」

「どうしてって、やたらと褒めすぎで、明らかに不自然でしたよ……！」

「ふうん。妃殿下って変わってるわね。普通《ふつう》の人は、持ち上げられると喜ぶものなのに。特に若い女性は」

「そういう方もいると思います。ただ、私は警戒《けいかい》します」

いきなり過剰なぐらいお愛想《あいそ》を言われたら、壺《つぼ》か英会話教材を買わせようとしているのではと怯《おび》えてしまう。

「警戒とは穏やかじゃないわねぇ。アタシはそんなつもりこれっぽっちもないのに。ひどいわぁ」

「あ、そんなつもりはなかったんですけど……うーん、この際だから言っちゃいますね。ローガンさんはもともと、王妃《おうひ》としての私のことも、陛下の妻としての私のこともよく思っていませんでしたよね。栄養ドリンクの存在によって、王妃としての役割を多少果たせそうだと思ってもらえたとしても、陛下の妻としての私に対する評価が変わるようなことは何も起きてないじゃないですか。だから、今も陛下の妻という観点からは、敵視されたままなのかなって」

私がそう言うと、ローガンさんはまたも意外なものを見るような目を向けてきた。

「公務について言い返してきたときも思ったけれど、意外とやるじゃない……。まあ、いいわ。だったらこれからは一切手加減なしでいかせてもらうわよ。ふふふ。目を皿のようにして新米嫁《よめ》をいびり倒してやるんだから。旦那《だんな》の親族から嫌《きら》われたら、その後の嫁人生真っ暗よ。せいぜいアタシに認められるよう励《はげ》みなさい!」

腰《こし》に手を当てたローガンさんが、ふははははと高笑いする。

天使だなんだと言われ続けるよりはましだとはいえ、これはこれで大変なことになってしまったような……。

「ところでさっそくなんだけど、明日は午前中から作業に取りかかれないかしら?」

私が口を開く前に、ローガンさんはまくしたてるような勢いで続けた。

「大変なのは百も承知してるわ! でも、兵士たちはそれ以上に辛《つら》い思いをしてるの。だから、なんとか協力してもらいたいの。もちろん暗くなる前に解放するし、ちゃんと適宜《てきぎ》休憩をとるわよ」

一日中、栄養ドリンクを作り続けるとなると、なかなかハードだ。

趣味《しゅみ》感覚で楽しんでいる時とはわけが違《ちが》う。

「なによ。あんまり乗り気じゃなさそうね！　新米嫁がのっけから尻込《しりご》みしててどうするのよ！　こういうときは多少無理してでも、頑張《がんば》って自分のやる気を見せるところじゃない！　それともあなたは他人のために頑張るなんてごめんだと思ってるの？」

「そういうわけじゃ……」

新米嫁という単語をちらつかされると、陛下の従兄《いとこ》であるローガンさんに認めてもらいたい私としては、強く出られない部分もあった。それに兵士さんたちが大変なことはエミリアちゃんから聞いて知っているし、私もできる限り協力したいと考えている。

引っかかっているのは、一日中栄養ドリンクを作るというのが、マイペースにのんびり暮らすという私の目標に反してしまう点だ。

まあでも、短期間のことだし、それぐらいならいいかな。人の役に立てるというのはやっぱりうれしいし……。

「わかりました。明日は午前中から作業をはじめます」

「ほんと!?　さっすが妃殿下！　あなたならやってくれるって信じてたわ！　今のでアタ

シの中のポイントがだいぶ上がったわよ」

ずいぶん現金な言葉なので鵜呑《うの》みにしたわけじゃないけれど、こういうことを積み重ねていくうちに、ローガンさんの中の敵意が少しでも減ってくれればいいな。

「全然うれしそうじゃないわね。さては口先だけの褒め言葉だと思ってるんでしょ！」

ローガンさんの鋭い指摘に苦笑いを返すと、彼は大げさな態度でため息を吐いて見せた。

「言っておくけど、ポイントが上がったってのはホントだからねっ！　アタシ、頑張る子って好きなの。――それとも妃殿下は、アタシにどう思われようが関係ないって感じなのかしら」

「まさか……！　陛下の妃として認めてもらえるよう、頑張りたいって思ってますよ」

私がそう答えると、ローガンさんは「あらあら！」と言って、うれしそうに目を細めた。

どうやら彼が頑張り屋好きというのは、本当らしい。

「妃殿下がやる気を出してくれてよかったわ。栄養ドリンク作りは、間接的に陛下の役にも立つしね」

「……！　そうなんですか！」

「突然ずいぶんと食いついたわね」

「あはは……。実は、陛下の役に立ちたくて、私にできることを探していたんです」

思わず前のめりになってしまったことが照れくさくて苦笑する。

「ふふ。陛下のために尽くそうと思っていたのね。そういうところは評価できるわ。でも方法がわからなかったってわけね」

ローガンさんは意外にも、真剣な態度で話を聞いてくれた。

こうしていると面倒見のいいお姉さまに見えてくるから不思議だ。

いや、見た目はがたいのいいイケメン男性なのだけれど。

「それならやっぱり今回のことは打ってつけよ。絶対に陛下の役に立つって、このアタシが保証するわ」

「本当ですか？」

「ちなみに裏方として支えるって、どういうことだったの？」

「栄養ドリンクで陛下の疲労を癒せたらって考えていたんです」

「ふーん。でも陛下を癒すだけで満足してたらだめよ。あなたが兵士たちの分の栄養ドリンクを作れば、陛下を支える軍隊を強化することができるの。その結果、陛下は今までの何倍も国を守りやすくなる。それによって陛下がどれだけ助かるか、想像もつかないくらいよ！」

興奮したローガンさんが私の肩を両手で掴んで、ガクガクと揺さぶる。

「とにかく裏方として陛下を支えるなら、これ以上の方法はないってことよ！」

「な、なるほど」

だったらなおのこと、栄養ドリンク作りに勤《いそし》まなくてはならない。

陛下の役に立てて、兵士さんも救えて、さらにはローガンさんから陛下の妃として認めてもらえる可能性もある。それなら、躊躇《ためら》っている理由なんてないはずだ。

✦✦

それから数日。私は朝から晩までせっせと栄養ドリンクを作り続け、当然ながらメイジーやローガンさんと過ごす時間が増えた。

振る舞い方について話して以来、ローガンさんは私に対して変におべっかを使うことをやめ、旦那さんの従兄という立場で接してくるようになった。

そしてその態度は、嬉々《きき》として嫁をいびる小姑《こじゅうと》そのものだった……！

「やっだー！　妃殿下ったら！　この程度のガラス瓶、まとめて三本は持ってもらわなくちゃ話にならないわよ。本当に貧弱《ひんじゃく》ねえ。蝶《ちょう》よ花よって可愛《かわい》がられていればいいお姫《ひめ》様ならつゆ知らず、一国を支える王の妃《きさき》としては失格よ！」

毎日聞かされまくっているうちに、ローガンさんのお小言に慣れてしまった私は、もはやこのぐらいでは動じない。

「できるだけたくさん食べるようにしてるんですけどね。なかなか太れなくて」

へらっと笑ってそう返す。

かつての私がこんな発言を聞いたら、間違いなくうらやましがっただろう。

佐伯《さえき》えみの体で食べすぎれば、その結果は体重にしっかり表れていた。

でも、エミリアちゃんの体はそうではないのだ。

「とにかく大事なのは筋肉よ。鶏肉《とりにく》を食べて運動をするのよ。そうだ！　私がびしばしごいてあげるわ。ふふふふふ」

「なんですかその黒い笑いは。怖いので遠慮《えんりょ》しておきます」

「あら、あなたにとって陛下の妃として認められたいって気持ちは所詮《しょせん》その程度のものだったの。あー、ほんとがっかり。せっかく少しは見所のあるお姫様かと思ったのに。運動ぐらいで怯《ひる》むような意気地《いくじ》なしだったなんて――」

「あああ！　もうっ！　毎日毎日オラ、ほんと我慢《がまん》ならねえっ！　ヒル卿《きょう》、ご無礼失礼しますよっ！　なんでそったらことばっか言って妃殿下を苛《いじ》めなさるんですかっ‼」

隣《となり》でやりとりを聞いていたメイジーが、感情的になるあまり方言を使って叫ぶと、ローガンさんは待っていましたと言わんばかりの顔になった。

初めて二人が会った日、メイジーは今のようにローガンさんにいびられる私を庇って怒《おこ》ってくれた。気持ちよく啖呵《たんか》を切るメイジーをすっかり気に入ったローガンさんは、それ以来、ことあるごとにわざと彼女を煽《あお》るのだ。

「こんな可憐《かれん》な妃殿下を苛めるなんて、オラには到底理解できません！」

「ええ？　どうして？　可愛いからこそ苛めたいってことだってあるわよ」

「へっ。そ、そうなんですか……？」

煙《けむ》に巻《ま》かれたような表情のメイジーを見て、ローガンさんがクスクス笑う。メイジーが意見することを無礼だと言い出さないのは助かるけれど、おもちゃ扱《あつか》いは可哀想《かわいそう》だ。

「ローガンさん、あんまりメイジーをからかわないでください」

「庇い合う主従関係っていいわねえ。そういうのアタシ大好物」

「好物ってなんですか……！」

そのとき、なにやら同じように言い争っているような声が風に乗って運ばれてきた。

「──そうは言っても陛下、ある程度は目を瞑《つぶ》らないと。妃殿下に子供だと思われたくないのでしょう？」

「俺の行動のどこが子供っぽいんだ。空《あ》いた時間に妻のご機嫌伺《きげんうかが》いをしているだけだ」

「たった数分しかない空き時間に、無理してお会いになっているという言い方のほうが正しいですね。何より問題なのは、そうやって妃殿下を訪問するのが、本日でもう三回目だっていうことですよ」

会話の内容がはっきり聞こえるようになったところで、陛下とジスランさんが姿を現した。

「エミ、顔を見に来たよ。何か問題はないか？　いや、聞くまでもないな。あるよな。ローガンにまた不愉快《ふゆかい》なことを言われただろ？　エミさえ望めば、速攻《そっこう》ローガンを地の果てまで左遷《させん》してやる。どうだ？」

「やあね、陛下！　職権乱用よ！」

「うるさい」

陛下に睨《にら》みつけられたローガンさんがしなを作って、「きゃーこわいー」と言っているけれど、当然のように私の両手を握《にぎ》った陛下は全然聞いていない。

「あの陛下、さすがに一日三回は来すぎじゃない……？」

ジスランさんは明らかに困っているし、仕事に支障が出ていそうだ。

ところが私がそう心配した途端《とたん》、陛下はこの世の終わりとでもいうような表情になって、肩《かた》を落としてしまった。

「……それはつまり、一日三回も会いに来るなってことか？」

「えっと、今の感じだと仕事も休憩も中途半端《ちゅうとはんぱ》になっちゃうんじゃないかな？」

「そんなこと言われても、俺は一瞬《いっしゅん》でもいいからエミに会いたい」

うっ。駄々《だだ》っ子《こ》みたいな陛下、ちょっとかわいいじゃないか……。

って、ときめいている場合じゃない。陛下のためにも、年上の私がしっかり諭《さと》さねば。

「無理して一瞬会ったところでまともに会話もできないよ。それに、前は一日に一回お茶をするだけでも、『息抜《いきぬ》きになった。これで仕事を頑張れる』って言ってくれてたじゃない？」

「……エミがローガンたちといるから、気になって様子を見に来たくなるんだよ。本当はずっと一緒にいて、何をしているのか全部把握《はあく》していたいくらいだ」

つまり、私たちがわちゃわちゃしてるから、仲間外れにされたくない的なことかな？

ふふ。陛下もなんだかんだ言いながら十七歳だな。

仕事を最優先させていた頃《ころ》の陛下と比較《ひかく》すると、それ以外のことに目を向けてくれるようになったのはいい兆候《ちょうこう》の気もする。

だけど、こうやってサボっている分は、結局全部陛下に返ってくるわけだから、今のこの状況《じょうきょう》が陛下のためになっているとは残念ながら思えなかった。

「陛下、仕事中は私たちのことを一旦《いったん》忘れるほうがいいんじゃないかな？」

「……エミはそうして欲しいのか」

「うん。現実的に考えて、陛下と私たちのするべきことが違う以上、ずっと一緒に行動するっていうのは無理があるし」

執務室《しつむしつ》に引きこもって、一人で書類仕事をしている陛下が、青空の下でわいわいと物づくりをしている私たちをうらやましく思う気持ちもわからなくはない。だから申し訳ないとは思うけれど。

仕事を片づけて合流してとしか言いようがないものね……。

「そういうときは割り切ってしまったほうが気持ち的に楽だよ」

「……っ」

陛下は口を開こうとしたけれど、言葉が出てこなかったのか、悔《くや》しそうに黙り込んでしまった。こんな顔をさせたかったわけじゃないのに、なかなか思うように気持ちが伝わらなくてもどかしい。

「だめねえ、陛下。ちっともわかってないんだから。しつこく言い寄るだけの男なんてすぐ飽《あ》きられるわよ。しかも今のあなたは、自分が会いたいって気持ちを押しつけてわがまま言ってるだけのお子ちゃまだもの。相手から求めてもらえるよう努力しなくちゃ！　アタシが昔教えてあげた恋《こい》の駆《か》け引《ひ》きについてちゃんと思い出しなさいよ。遊びの時はちゃんとうまくやれていたじゃな――」

「ちょっと黙ろうか、ローガン」

「ふんぐっ!?」

私の手をパッと離《はな》した陛下は、一瞬後にはローガンさんの首を絞《し》め上《あ》げていた。

「陛下、じゃれ合っているところ残念ですが、お時間です」

「はあ!?　まだ来たばかりだし、エミと全然話せてない！」

「楽しい時間は瞬《また》く間《ま》に過ぎるって言いますからね」

懐中時計《かいちゅうどけい》を陛下に向かって突《つ》き出したジスランさんは、むっつりした陛下の肩を摑《つか》んで、王宮の方へ向き直らせた。

「さあ、行きましょう！」

「安心してちょうだい。公務に戻《もど》らなきゃいけない陛下の代わりに、妃殿下の相手はアタシがしておいてあげるわあ」

「……っ！　ふざけるな、ローガン……！」

「陛下、ローガンの安い挑発《ちょうはつ》に乗らないでください。まったくいつもは十代とは思えないくらい落ち着いているのに、妃殿下のこととなると途端にこれなんですから。ほら、王宮に戻りますよ」

「おい、ジスラン！　離せ！　くそっ!!　エミ、行ってくる……!!」

「う、うん。頑張って！」

ジスランさんに半ば引きずられるようにして去って行く陛下に手を振る。

ローガンさんは面白《おもしろ》がってゲラゲラ笑っているし、メイジーはうっとりと手を組んで「妃殿下は本当に愛されていらっしゃいますね！」なんて言っているし、やれやれだ。

◆

――同日に三回も会いに行った結果、妻であるエミからやんわりと「集中して仕事をして」と言われてしまったテオドールは、執務室に戻るとひたすら証文のチェックに勤《いそ》しんだ。

一切《いっさい》休むことなく書面と向き合い続けているうちに、日が暮れ、闇《やみ》が訪《おとず》れ、夜が更《ふ》けた。

翌日も、その翌日も、ものすごい集中力で仕事を片づけていった。

午前中は側近たちとの会議に参加し、それが終われば立て続けに軍法会議が開かれる。昼食をとりながら意見陳述書《ちんじゅつしょ》に目を通し、午後は枢機卿《すうききょう》との懇談《こんだん》、それが終わればようやく執務室に篭《こも》って事務仕事に集中できる。

今はローガンが参加していた国境での防衛戦の後処理に追われていて、ここ数日の目の回るような忙《いそが》しさの要因はそこにあった。

テオドールは、それまでの数日間のように、エミのことを気にしてそわそわ室内を歩き回ったり、時計ばかり気にしたり、隙《すき》を見つけて執務室を抜け出すことはもうしなかった。

それはエミが転生してくる前のテオドールの生活そのものだった。

ただし当時とは違い、どれだけ夢中で仕事をしていても、一日五時間の睡眠《すいみん》は必ず取るようにしていた。

『たとえば明日、あなたが突然死んじゃったらどうなるか。抱《かか》えていた仕事、全部宙ぶらりんのまま置いていくことになるでしょ。それって何より無責任じゃない？　今のあなたには突然死ぬ資格なんてない。だから、責任感を持つなら、そういうところまでしっかりするべきだよ！』

まだ出会ったばかりの頃、テオドールはエミにそう諭《さと》された。

テオドールにこんなことを言ったのはエミが初めてで、心底驚いたのを覚えている。

自らも仕事のしすぎで命を落としたエミの言葉は、真実味を持ってテオドールの心に深く響き、責任感と努力の意味をはき違えていた彼の目を覚まさせてくれたのだった。

だからテオドールはもう、エミと出会う前のような無茶をすることはない。

自分を心配してくれた彼女の言いつけを破り、幻滅《げんめつ》されるなんてことは何が何でも避けたいからだ。

「陛下、いいんですか？　妃殿下に会いにいかなくて」

「なんだよジスラン。さんざん小言を言ってたくせに」

「そりゃあ大人しく仕事をしてくれていたほうが私は助かりますけど。顔が見たくて仕方ないんでしょう？」

テオドールはペンを走らせていた手を止めると、重いため息を吐《つ》いた。

「……死ぬほど会いたい。でも、これ以上わがままを言えるわけないだろ」

「ただでさえ、年の差を理由に距離《きょり》取られてますしねえ」

テオドールがぎろりと睨みつけても、ジスランは素知らぬ顔をしている。

「エミが言ったことが正論だってのはわかってる。俺がエミとずっと一緒にいたいと思ったって、それは現実的じゃない。エミの言うとおり、仕事中は割り切って、エミのことを忘れていたほうが楽に決まってる。──だけど、割り切れるのって結局、その程度の想《おも》いだからじゃないのか？　本気で好きだったら、うまく立ち回る余裕《よゆう》なんて……なくなるだろ……」

「今のあなたのように？」

机に肘《ひじ》をついたテオドールは、むすっとしながらそっぽを向いた。

「はは。あなたは子供時代をすっ飛ばして大人になってしまったような人なのに、妃殿下のこととなると年相応になりますね」

「うるさい……。俺だってこんなの不服だ。エミだけじゃなくクソローガンにまで正論言われて、言い返せないなんて……。二人に比べて自分がすごく子供っぽく思えた」

「なるほど。それで、我慢して仕事を片づけようとしているわけですね」

「そうだよ。だから邪魔《じゃま》するな」

再び書きもの机に向かったテオドールは、また一心不乱にペンを動かしはじめたのだった。

第四章

「ねえ、ここのところ陛下、全然顔を見せないわね」

沈みかけた夕陽に追い立てられるようにして片づけをしていると、井戸の前にしゃがみ込んで今日使ったガラス瓶を洗ってくれていたローガンさんがそんなことを言った。

手は動かしたままだけれど、彼の視線はお城のほうを見ている。

なんとなくつられて私もそちらを向く。

林に視界を遮られて全貌《ぜんぼう》を見ることはできないけれど、空に伸びた見張り塔の位置から、あの場所にお城があるのだと推測することはできた。

「言われてみれば、陛下が来なくなって今日で四日目ですね」

「あなた全然気にならないの？」

「え？　あ、はい。しばらく仕事に集中するって手紙はもらったので、頑張《がんば》ってるのかなあって」

「それ陛下が聞いたら死ぬほど落ち込むわよ。会えなくても全然気にならないって感じじゃない」

「そ、そういうわけでは……」

「うーん、複雑な心境だわ……。陛下と妃殿下《ひでんか》がうまくいきすぎてるのも、小姑《こじゅうと》ポジションでいびるのを楽しんでるアタシとしては面白くないし」

「ちょ、楽しんでたんですか!?」

「当たり前じゃない！　嫁いびり最高！　――とはいえ、陛下があなたにベタぼれなのは、嫌でも伝わってくるからね。その想いが報《むく》われてないのは、正直可哀想《かわいそう》でもあるのよねえ」

「なんていうか、ローガンさんって本当に陛下が好きなんですね」

私が苦笑しながらそう言うと、ローガンさんは何かを思案するように黙り込んだ。

「……昔は大っ嫌いだったのよ。なんて生意気なガキだ！　って思ってたんだから」

「え!?　そうだったんですか!?」

「ふふっ。今日も栄養ドリンク作りを朝早くから頑張ってくれたから、ご褒美《ほうび》にちょっとだけ陛下の過去を教えてあげるわ」

ガラス瓶を洗い終えたローガンさんは立ち上がると、唸《うな》り声《ごえ》を上げながら腰の骨を伸ばした。

それから、着崩した軍服の胸ポケットに手を入れて、銀色のケースを取り出す。そこから煙草《たばこ》を一本抜き出すと、口の端にくわえて火を点《つ》けた。

ローガンさんが私の前で休憩をするのは初めてのことだし、彼が煙草を嗜《たしな》むのも今初めて知った。

彼は私にも手を休めるよう身振りで示した。

「もともと幼少時の陛下の面倒をみていたのは、ジスランの兄だったのよ。レイモンドといって、年はジスランやアタシの一つ上。めちゃくちゃ優秀だったし、ものすごく面倒見のいい人でね。それに誰にでも優しかった。ゆくゆくは侯爵家《こうしゃくけ》を継ぐお坊《ぼっ》ちゃまだってのに、庶民に接するときでさえ対等な態度で。でも、ただおっとりしてるってわけじゃなくて、いくつになっても子供心を忘れないようなところがあってね。十五歳で社交界デビューしてからも、廃墟《はいきょ》になってる屋敷で肝試《きもだめ》しをしようとか、遺跡探索に行こうとか、そんな誘いをしょっちゅう受けたわ」

ローガンさんがなつかしそうに目を細める。

彼の口調はいつもに比べてとても穏やかだ。

話を聞いているだけで仲のいい少年たちの姿が思い浮かび、気づけば私も笑みを浮かべていた。

「でも、レイモンドは十七歳のとき、事故で亡くなった」

「……っ」

それまで優しい気持ちで話を聞いていたから、いきなり突きつけられた悲しい事実を前に、なかなか言葉が出てこなかった。

ローガンさんはじっと夕焼け空を見上げている。

「……皆さん辛《つら》かったですね……」

「そうね。陛下もジスランも、もちろんアタシもすごく落ち込んだわ。陛下は当時まだ四歳だったけれど、すごく利発な子だったから。死というものが何かも理解していた。それで、手が付けられないほど荒れてね」

「そうだったんですね……」

「レイモンドが大好きだったアタシは、彼の意思を継ぎたいと思ったの。で、亡き友に代わって、陛下に尽くすようになったってわけ。――月日が経って多少傷は癒《い》えたけれど、この話題を口にするのは未《いま》だにご法度《はっと》になってるの。悪いけど、妃殿下も知らないふりをしておいて」

「わかりました……」

誰にだって触れられたくない過去のひとつやふたつある。

だからその傷を抉《えぐ》るようなことはしたくなかった。

「今まで、誰にもこんな話したことなかったのに。なぜか妃殿下には言いたくなっちゃったのよね……。最初は妃殿下のこと絶対に認めるもんですかって思ってたのに、なんだかんだアタシもほだされちゃったのかしら」

ローガンさんは納得がいかないという態度で首を横に振った。

「もしそうなら私としてはありがたいです」

ローガンさんと陛下の間にある絆を知ったことで、やっぱり彼に認めてもらいたいという気持ちが一段と強くなったからだ。

ところがそれを伝えると、ローガンさんは「絆じゃなくて、完全な片思いなのよぉお」と言って、顔をぐしゃりと歪《ゆが》めた。

「レイモンドと違って、陛下はアタシのことをすっごく鬱陶《うっとう》しがるのっ。今回なんて国境から半年ぶりに戻ってきたっていうのに、一緒に食事する機会さえ作ってくれないんだからっ。アタシ、悲しいっ‼」

ワッと声を上げて泣き出したローガンさんを慌《あわ》てて慰《なぐさ》める。

さっきまで真面目な顔して過去の話をしていたのに、今は泣きながらハンカチを噛《か》んでるなんて……。

なんというか本当にいろんな一面を持っていて、摑《つか》みどころのない人だ。

ただ、陛下を大事に思っている部分に関しては一貫《いっかん》してぶれない。

特に彼らの過去に起きた出来事を鑑《かんが》みると、ローガンさんはおそらく友の代わりを果たしたいという強い使命感のもと、陛下に尽くしてきたのだろう。

ジスランさんもだけれど、そうやって支えてくれる人たちが陛下の周りにいてよかった。

国王陛下として責任を果たしていくことは、きっと私が想像している以上に大変だろうから、優秀なうえ、陛下を大事に思う人が傍にいてくれれば、すごく助かるはずだ。

いつか、私もそのうちの一人になれたらいいなと思った。

◆◆

それからさらに数日、休む間もなく作業をし続けた甲斐《かい》もあり、ついに三百人分の栄養ドリンクが完成した。作業台の上に並べた二本のガラス瓶《びん》をジャーンと言って見せると、ローガンさんとメイジーが「おおおー！」と声を上げて拍手《はくしゅ》してくれた。

ローガンさんがちょっかいを出してくるせいで、いつもはすぐ言い合いになる二人が仲良くしている姿を見られるのはうれしい。

「妃殿下、ありがとう。本当に感謝しているわ。正直途中《とちゅう》で三百人分なんてやっぱり無理だって断られると思っていたのよ」

「ええ!?　手伝うと約束した以上、責任を持って最後までやり遂げるって言ったじゃないですか」

「そうね。あなたが責任感の強いお姫《ひめ》様だってことはよくわかったわ。見くびったりしてごめんなさいね」

癒《いや》しアイテムを作る能力ではなく、私という個人をローガンさんが認めてくれたのはこれが初めてだ。

陛下のためにも、彼の従兄《いとこ》であるローガンさんとはできるだけ仲良くしたい。

そう思ってやってきたから素直《すなお》にうれしい。

「ヒル卿《きょう》もやっと妃殿下の素晴《すば》らしさに気づいてくださったんですね。私としては遅《おそ》すぎますけど！」

メイジーが得意げに鼻先を上げる。

「なあによ、小憎《こにく》たらしい子ね！　こうしてやるわ！」

「ひょ、ひょっと！　ほっぺたひっぱるのはひゃめてくだひゃい！」

ローガンさんがまたメイジーで遊びはじめたので、慌てて彼女を背後に庇《かば》う。

「ああん、アタシのおもちゃが」

「それよりローガンさん！　よかったら、これを見てください」

「ん？　なあに？」

メイジーから気を逸《そ》らすため、何日か前に作っておいた『私の作れる癒しアイテムリスト』を差し出す。受け取ったローガンさんは、内容を確認《かくにん》した途端《とたん》、目つきを変えた。

「妃殿下、これ……」

「栄養ドリンク以外でも、役に立てそうなものがあったら言ってください。そこに載《の》っているものならどれでも作れるので。ただ、栄養ドリンクみたいに特別な効果が得られるかはわからないので、一つずつ試《ため》してもらう感じになってしまうんですが」

「……どうしてそこまでしてくれるの？」

「えと、最初はローガンさんに認めてもらいたいって動機からお手伝いを決めました。でも、そのあとに国境でのことを聞いたんです。大変な戦いだったんですよね……。知ってしまったら、もう居ても立ってもいられなくて。たいしたことはできないかもしれないけれど、少しでも力になれればって……」

「そう……。……妃殿下、ちょっと来てちょうだい」

おもむろに私の手を掴んだローガンさんは、もう片方の手で完成したガラス瓶を掴むと、早足で歩き出した。

「あ、あの⁉　来てって、いったいどこに……⁉」

「いいからこっち！」

「妃殿下⁉」

自分もついて行くべきなのか迷っているメイジーが、オロオロした声で私を呼ぶ。

「あ、えっと多分大丈夫《だいじょうぶ》！　メイジーは離宮《りきゅう》に戻《もど》っていて……！」

とりあえずメイジーを安心させるために、私は自由なほうの手を振《ふ》って指示を出した。

◆◆

私を引き連れてローガンさんが向かった場所は、なんと敷地内にある兵舎だった。

「っと、お先に失礼。妃殿下の姿を見られるわけにはいかないから。まあ、今兵舎にいる一般兵の中には、妃殿下の魔力が皆無だと見分けられるほどの実力者はいないけど。一応、念のためにね」

私に向かって手を掲《かか》げると、ローガンさんは何かの呪文《じゅもん》を唱えた。

「……っ。なにこれ……!?」

信じられないことに、私の体は透《す》けはじめ、やがて完全に見えなくなってしまった。

「姿隠《すがたかく》しの魔法《まほう》よ」

「……！　すごい……。魔法ってこんなこともできるんですね!?」

「ほら、妃殿下。こっちよ」

手前に並んだ石造りの重厚《じゅうこう》な建物は、私の生活している離宮とはまったく雰囲気《ふんいき》が違《ちが》っていて、どことなく威圧感《いあつかん》がある。

あれが兵舎だとローガンさんが教えてくれた。彼の執務室《しつむしつ》も、あの建物の中にあるらしい。

兵舎の先には、騎馬隊《きばたい》の馬が繋《つな》がれた馬屋があり、さらにその先には訓練場が広がっていた。

「いい？　慎重に行動するのよ。その魔法はただ姿を見えなくしているだけだから。誰《だれ》かにぶつかったり、声を出したりすれば気づかれるわ。とはいっても、妃殿下の周囲には今、結界を張ってあるから、誰も近づけないとは思うけれど」

ローガンさんは私を兵舎の裏側に連れていった。

「そこの窓から中を覗《のぞ》いてみて。室内には、今日栄養ドリンクを飲ませる予定の最後の兵士たちが休んでいるわ」

そう言い残すと、彼は私を置いて兵舎の入り口のほうへ向かっていった。

おそらく栄養ドリンクを届けるのだろう。

……私の作った栄養ドリンクを、兵士さんたちが飲んでくれる。

ローガンさんは、その兵士さんたちの姿を見せたくて、私をここに連れてきたのだろうか。もしそうだとしても、いきなりどうして？

自分の姿が見えなくなっていることはわかっているけれど、堂々と覗く気にもなれないので、こっそり様子を窺《うかが》ってみる。

「え……」

窓の向こうには、広々とした部屋があった。そこにぎっしりと簡易ベッドが並べられている。すべてのベッドは、若い男性で埋《う》まっていた。

彼らの体に外傷は見当たらない。しかし、一目で彼らが病を患《わずら》っていることはわかった。

見開かれた目に生気がまったくないのだ。

彼らは濁《にご》った目で一様に天井《てんじょう》を見つめている。薄《うす》く開かれた口からは、唾液《だえき》が垂れ流されていた。

あの人たちの状態は、どういうことだろう……。

ゾッと鳥肌《とりはだ》が立つ。まるで、見てはいけないものを見てしまったような気持ちになった。

目の前の悲惨《ひさん》な光景に耐《た》えられなくなりかけたとき、ガラス瓶を持ったローガンさんが部屋に入ってきた。

病人たちの看病をしていた兵士さんたちの表情がパッと明るくなる。

「軍事司令官殿《どの》！」

「栄養ドリンクを預かってきたわ！　すぐに飲ませてあげましょう」

ローガンさんは駆《か》け寄《よ》ってきた兵士さんたちに頷《うなず》き返し、栄養ドリンクを配っていった。

栄養ドリンクの入った吸い飲みを手にした兵士さんが、私の覗いている窓の近くにも駆け寄ってくる。

「リック、ほら！　このドリンクを飲めば、おまえもすぐ元気になれるからな！」

兵士さんがリックと呼びかけた病人の背中を支え起こす。彼の声は微《かす》かに震《ふる》えていた。まるで病の仲間だけでなく、自分自身にも大丈夫だと言い聞かせているようだ。彼の不安な想《おも》いはよくわかる。リックさんの目は相変わらずうつろで、瞳《ひとみ》に輝《かがや》きはない。生きているようには見えなくて、それが辛い。

……私の栄養ドリンクを飲んだだけで、本当に彼らは元気になるの？

「さあ、飲むんだ」

吸い飲みがリックさんの口元に近づけられる。

半ば強引《ごういん》にドリンクが流し込まれると、リックさんの喉《のど》がこくこくとわずかに動いた。

私は息をするのも忘れて見守り続けた。

その時、リックさんが、ゆっくり瞬《まばた》きするのを見た。

あ……！　目に光が戻っている……!!

「あれ……。俺……？　眠《ねむ》っていたのか……？」

ずっと喋《しゃべ》っていなかったせいか、声が掠《かす》れているけれど、不思議そうに周囲を見回すリックさんはまったく病人に見えない。

信じられないことに、リックさんはもう支えなどなしに座っていられるようだ。

嘘《うそ》みたい……。さっきまでとはまるで別人だ。

リックさんだけじゃない。彼と同じように栄養ドリンクを与《あた》えられた兵士さんたちは、みるみるうちに元気を取り戻していった。

すべての病人に栄養ドリンクが行《い》き渡《わた》ると、彼らの回復を祝して、病室内に大歓声《だいかんせい》が上がった。

「この飲み物を作り出してくれた方には、感謝してもしきれないな！」

「本当だ！　そのお方は我々の恩人だ‼」

「軍事司令官殿、その方に直接お会いしてお礼を言うことはできないのですか？　王立研究所の研究員さんなんですよね？」

「残念だけど開発者の名前は明かさない約束になっているのよ。でも、あんたたちの気持ちはちゃんと伝えておくわ」

「是非《ぜひ》お願いします！　その方がいなければ騎馬隊は間違《まちが》いなく壊滅《かいめつ》していたはずです」

「なあ、みんな！　我らの恩人へ感謝の気持ちを込《こ》めて万歳《ばんざい》をしようじゃないか！」

一際屈強《ひときわくっきょう》な男性が提案すると、他の兵士さんたちが一斉《いっせい》に両手を掲げて、うおおおっと叫《さけ》んだ。病人服を着ている人たちも、ベッドの上に立ち上がって大騒《おおさわ》ぎしている。

野太い声で続く万歳三唱が、私に向けられているものだなんて……。

その事実が恥《は》ずかしくて、私は窓辺からこそこそと離《はな》れた。

私はただ、自分のかつての知識で栄養ドリンクを作っただけなのにな。

　ローガンさんは自分の執務室に私を連れて行くと、姿が見えなくなる魔法を解いてからソファーを勧《すす》めた。

「あの、どうして私をここに連れてきてくれたんですか？」

「ふふ。だって『私にはたいしたことはできないかも』なんて言うから。立場上、裏方に徹《てっ》するっていうのは仕方ないにしても、自分の功績をまったく知らないのはもったいないじゃない」

「功績って……」

「さっきの歓声《かんせい》聞いたでしょ？　あれはすべて妃殿下に向けられたものなのよ。ねえ、どんな気持ちだった？」

　ローガンさんに認められたことはうれしかったものの、さすがにあそこまでされると戸《と》惑《まど》いも大きい。

「喜んでくれるのはうれしいですけど、やっぱり私の功績だとは思えないです。栄養ドリンクにあんな効能がつくと、予想していたわけじゃないですし。それに、万歳三唱は、私の身《み》の丈《たけ》に合ってなくて、ヒッてなりましたよ……」

「ぷっ。変なお姫様ねえ。庶民的《しょみんてき》というかなんというか」

「それはそうですよ。この世界に転生する前の私はいち庶民なんですから」

「でも今は妃殿下という地位を与えられたわけじゃない。普通《ふつう》調子に乗るでしょ。結婚《けっこん》や出世によって突然《とつぜん》高い地位を手に入れた人間が、生まれた時からずっと高貴な身の上だったって顔をするなんてよくある話よ。今までそんなやつ、何人見たかわからないわ」

「でも人生って、調子に乗った途端、はしごを外してきませんか？」

　私も若い頃《ころ》は多少調子に乗った経験がある。そして見事にしっぺ返しをくらった。

「ふーん、妃殿下ってそういうとこ年齢《ねんれい》不詳《ふしょう》な感じがするわよね。陛下に言い寄られてたじたじとしてるところは見た目どおりの年齢に見えるけど、恋愛《れんあい》以外では案外落ち着いた考えを持ってるし。元のあなたの中身っていくつなの？」

　そういえばローガンさんと『佐伯《さえき》えみ』について話したことはまだ一度もなかった。

「あ、えっと、私は……二十八歳でした」

　隠していたわけではないのに、十五歳のエミリアちゃんの体に入っているせいでサバを読んでいるような気になって、やけに声が小さくなってしまう。

「へえ、二十八ね……」

「その沈黙《ちんもく》は何ですか……！」

「……それなら、全部知っても受け止められるか。責任感も強いし、あれだけもてはやされても浮《う》わつかなかったもんな……」

「ローガンさん?」

初めて会ったときのような口調で呟《つぶや》いたローガンさんは、意を決したように顔を上げた。

「妃殿下、ちょっと失礼するわよ」

「え?」

私に向かって伸《の》ばされた手のひら。

あっ、魔法をかけられる……!

そう悟《さと》った直後——。

信じられないことに、私は土砂《どしゃぶ》降りの平原に佇《たたず》んでいた。

◆

な、何……? どうなってるの……!?

ここはどこ? 私、ローガンさんの執務室にいたはずなのに……。

カァーカァーカァー。

不吉な声に顔を上げると、暗い空の低いところを、烏《からす》の群れが旋回《せんかい》していた。

怒声《どせい》、呻《うめ》き声、爆発音《ばくはつおん》、乱れたひづめの音、馬のいななき。

それらが戸惑う私の耳にけたたましく襲《おそ》いかかってくる。

視線を落とすと、そこら中に白い軍服を赤黒く染めた兵士たちが倒《たお》れているのが見えた。

ぴくりとも動かない彼らを見た瞬間、まともに呼吸ができなくなった。

ここは戦場だ。

そう気づいたとき、重苦しい空に雷鳴《らいめい》が轟《とどろ》いた。

白く走る稲光《いなびかり》が、容赦《ようしゃ》なくすべてを照らし出す。

「……っ」

破壊《はかい》された石塀《いしべい》の上に、おぞましい見た目をした巨大《きょだい》な蜘蛛《くも》がいる。

赤黒く光る八本の足には、兵士たちが捕《と》らえられていた。

仲間たちが彼らを取り戻そうとして、必死に攻撃《こうげき》を続けているが効果はない。

ミシミシ——。

耳を塞《ふさ》ぎたくなるような音をたてて、蜘蛛が兵士の体を握《にぎ》り潰《つぶ》す。

人間のものとは思えない悲鳴は一瞬《いっしゅん》で途《と》切《ぎ》れた。

力を抜《ぬ》いた蜘蛛の手から地面に落ちたものは、もう人の形を成していなかった——。

✦✦

「あ……」

戦場に飛ばされた時と同様、無遠慮《ぶえんりょ》な力に引っ張られて、気づけば私は元の執務室にいた。体が微かに震えている。

「おかえりなさい、妃殿下。アタシの見てきた戦場はどうだった？」

「……今のは、ローガンさんの記憶《きおく》？」

「そう。アタシが国境の防衛戦で経験したことを、魔法を使ってあなたに疑似《ぎじ》体験させたの。でも、よかった。やっぱりあなたはこの現実を受け止められるほど、強い心を持っていたわね」

「……」

本当は今にも吐《は》きそうで仕方ない。

でも、そんなふうに言われてしまったら耐えるしかなかった。

もともと私は弱音を吐くのが苦手で溜《た》め込むタイプだったので、気持ちを飲み込むのなんて慣れたものではある。

その結果、社畜化《しゃちくか》してしまったわけだけれど、こういう性格は簡単には直らない。

「ひどい戦場だったでしょ？」

「……はい、驚《おどろ》きました」

「外傷だけなら、回復魔法や魔法で作り出した治療薬でいくらでも治せる。なんなら死人の傷でもね。でもそれは、体という入れ物を修復しているだけに過ぎないの。どんな魔法を持ってしても、生命力を再生させることはできなかった。——今まではね」

ローガンさんは意味深に目を細めた。

「外傷を治したあとは、個々の生命力が戻るのをひたすら待つしかなかったのよ。不思議なことに瀕死《ひんし》の怪我《けが》を負った者は、魔法で治療《ちりょう》を行ったあと、心を失ったかのようになってしまうの。それを私たちは『生命力が衰《おとろ》えている』と解釈《かいしゃく》しているわ」

最初私は生命力という言葉を、休んだり眠ったりすれば自然と回復する力——つまり体力と同義だと認識《にんしき》していた。

けれど、どうやらそういうわけでもないらしい。おそらく今ローガンさんが言っているのは、『生命を維持《いじ》するための力』のことなのだろう。

「その……心を失ったかのようになってしまうのには、何か理由があるんですか？」

「無理矢理に治された体と、奪《うば》われたままの体力の間で、帳尻《ちょうじり》が合わなくて心が混乱してしまうんじゃないか、なんて言われているけれど。本当の原因は未だに解明されてないの。だからこれまで、対処のしようがなかったってわけ」

そこまで話すと、ローガンさんは深々と息を吐《は》いた。

「自力で体力が戻るのは、治療した者のうち四割程度。残りの六割は、衰弱死《すいじゃくし》してしまうの」

「……！」

「でもそれはこれまでの話。妃殿下の作ってくれた栄養ドリンクを飲んだ者は、即座《そくざ》に回復したわ。一切《いっさい》の例外なく、全員が助かったのよ！　あなたの作ってくれた栄養ドリンクが、どれだけの救いをもたらしてくれたかわかったでしょう？」

私は絶句するしかなかった。

ローガンさんは、膝《ひざ》の上にのせていた両手を組み合わせた。

まるで祈《いの》りを捧《ささ》げるかのように。

「妃殿下の中には計り知れない可能性が眠っているわ。あなたがすべてを知り、受け止めて、救世主になってくれれば、この国の抱《かか》える問題は何もかも解決すると思うの。そのためにも、戦場と魔獣《まじゅう》の真実をしっかり知ってもらう必要があったのよ。――ああ、鳥が帰ってきたわ」

「え？」

立ち上がったローガンさんは、窓辺に歩み寄っていった。

彼が窓を開け放つと、室内に黒々とした羽を持つ鳥が舞《ま》い込んできた。

「この子は、アタシの魔道具《まどうぐ》よ。ほら、陛下があなたにつけてる蝶《ちょう》。あの子と同じようにね」

室内を一周した鳥は、ローガンさんが指を鳴らした途端、なんと十歳ぐらいの男の子になった。

「えええ⁉　どうなってるんですか……⁉」

「この子たちが人型に代わるのを知らなかったの？　ルゥ、妃殿下にご挨拶《あいさつ》して」

「妃殿下、初めまして。僕はローガンさんにお仕えする魔道具です」

「言葉まで喋れるの⁉」

少し長めの前髪《まえがみ》の隙間《すきま》から、澄《す》んだ黒い目が、私を捉《とら》えてにこっと笑う。

ルゥくんは、ものすごい愛らしい顔をした美少年だった。

「せっかくだから、あの子も見せてあげる。ルゥ、蝶を連れてきて」

「はい、ローガン様」

再び鳥の姿に変わったルゥくんが、窓の外へ羽ばたいていく。

――それから待つこと数分。

蝶の羽を口に咥《くわ》えた鳥が舞い戻ってきた。

「えっ⁉　ま、まさか食べて……」

「大丈夫、大丈夫」

ローガンさんの軽い言葉どおり、ルゥくんがぱっとくちばしを開けると、捕《つか》まっていた蝶々《ちょうちょう》が慌てたようにぱたぱた飛び回った。

よ、よかった。

先ほどのルゥくんのときとは違い、ローガンさんは何かしらの魔法を詠唱《えいしょう》した。

すると飛び回っていた蝶々が、五、六歳の女の子の姿に変わった。

薄紫色《うすむらさきいろ》のふわふわした髪《かみ》を二つに束ねたこの子もやはり、人間離《にんげんばな》れしたものすごい美少女だった。シフォンのような素材のワンピースがよく似合っている。

ルゥくんがまた人間の姿になって二人が並ぶと、童話の中から出てきた妖精《ようせい》の兄妹《きょうだい》のように見えた。

「妃殿下、あのっ、あのっ……」

蝶々ちゃんは、どうしたらいいのか困っているらしく、焦《あせ》った顔で私を見上げてきた。なんとも庇護欲《ひごよく》をそそられる。

「はじ、めまして……っ」

「か、かわいい……」

蝶々ちゃんの振る舞いは、動揺《どうよう》していた私の心に優《やさ》しい温かさを吹《ふ》き込んでくれた。

でもそれは仮初《かりそ》めの癒しでしかなくて、どれだけ時間が経《た》とうとも、戦場で見てしまった光景は目に焼きついて離れることがない。

「ローガン様、報告してもよろしいですか？」

真面目な顔でしゃんと立ったルゥくんが、ローガンさんに尋《たず》ねる。

「はいはい、どうぞ」

「国王陛下の視察の予定が一時間前に変更《へんこう》になりました」

「は⁉　じゃあ今何してるのよ⁉」

「城へ戻られている途中だと思います」

「一時間前に⁉　だったらもうすぐ帰って来ちゃうじゃない！　妃殿下を連れ回してるのがバレた⁉」

「蝶を人間に戻した時点で伝わっていると思います」

「ああ、くそっ！　そうだった！　解散解散！　ルゥは妃殿下を離宮に送っていって！アタシはほとぼりが冷めるまで隠れてるわ！」

ローガンさんは蝶々ちゃんに向かってまた謎《なぞ》の呪文を唱え、その姿を元に戻すと、青ざめた顔で部屋を飛び出していった。


その夜、離宮を訪ねてきた陛下は、ソファーに座るなり、これでもかというくらいむっつりした態度で腕《うで》を組んだ。しかも普段《ふだん》は必ず私の隣《となり》に座るのに、今日は斜《なな》めの位置にある一人がけの椅子《いす》を迷わず選んだ。

私がローガンさんと出歩いたことを明らかに怒《おこ》っている様子だ。

ほぼ強制的に連れて行かれたとはいえ、結果的に陛下との約束を破ってしまったことに変わりはない。申し訳なく思いながら、陛下の向かいで縮こまる。

「それで？　エミ、どういうことか説明してくれ」

「……蝶々ちゃんから報告を受けているんじゃないの？」

「魔道具は、エミたちが兵舎に着いた直後からの情報を消されていた。ローガンの仕業なのはわかっている。俺が異変に気づいたのは、魔道具が強制的に人間の姿に変えられたことが伝わってきたからだ」

だからそれまでの私たちの行動を陛下は知らないのだと言う。

私は、ドリンクを飲んで回復した兵士さんたちが喜んでいる姿をローガンさんが見せてくれたこと、魔法で姿を消してもらっていたので、誰にも見られていないことを説明した。

「ローガンの執務室に移動してからは？」

「……」

「エミ？」

あの戦場で感じた恐怖《きょうふ》がせり上がってきて、慌てて自分の口を手で覆《おお》う。

「大丈夫か？」

心配そうな陛下の声に、なんとか息をついてやり過ごす。

それまでむすっとしていた陛下が表情を変え、前のめりになった。

怒《いか》りなんて忘れて、様子のおかしい私の身を案じてくれる。

それがわかったから、私もちゃんと、自分が見てきたことと向き合わないといけないと思った。

「国境で、何があったかを教えてもらったの」

できるだけ動じていないふりを装《よそお》ってそれだけ伝えると、陛下が目を見開いた。

「……！　ローガンのやつ！　ふざけたことを……！」

唸《うな》るような声で怒りを露《あら》わにした陛下は、けれどすぐハッと息を呑《の》んで、無意識に握りしめていた拳《こぶし》を下ろした。

「そんな話を聞かせるなんて、ローガンをしっかり監視《かんし》しておかなかった俺のミスだ。ごめん」

「陛下のせいなんかじゃないよ……！　それに、私大丈夫だから……！」

「大丈夫そうになんて見えない」

「でも、ほんとに！　そう、ほらあの、少し話を聞いただけだし。ね？」

話を聞いたと言っただけで声を震わせるほど激高した陛下に、まさか戦場でのことを疑似体験させられたなんて言えるわけがない。

「……あとね、私、知れてよかったと思ってる。たしかに驚いたし、ショックだったけれど、国境で起きたことや魔獣のことって、今この国が抱えている問題なんでしょう？　それを王妃《おうひ》が知らないって、まずいんじゃないかな」

「そんなことない。魔獣の問題は俺がすべて把握《はあく》しているし、可能な限りの対応はしている」

「それでも王妃の立場で何も把握していないのはさすがに許されないんじゃ……」

「俺が誰にも文句なんて言わせない」

「……」

うーん。ただでさえ私が公務に参加できないせいで、陛下が色々言われているみたいなのに。そのうえ国の危機に対して無関心な王妃とそれを庇う国王なんてことになったら、大問題な気がする。

「エミに苦労をかける気はない。エミにはこの離宮で、外の世界のことなんて気にせず、のんびり暮らして欲しいんだ。だから、この国が抱える問題をエミが知る必要なんてなかったのに」

知る必要なんてなかった、か……。

陛下は私のことを考えてくれているのだと思う。

そうだとわかっているのに、どうして役立たずだと言われた時のような寂《さび》しさを覚えるのだろう。

「あ、ねえ！　話変わるけど、魔道具の子たちが人間になれるなんてびっくりしちゃった。

蝶々ちゃんに名前はあるの？　すごくかわいいよね」

強引に話題を変え、無理矢理笑いかけてみる。

「今の話、エミは納得《なっとく》してないんじゃないのか？」

うう、突っ込んでくるなあ。

もちろんモヤモヤしたものは残っている。

ただ、私と陛下は考え方が真逆みたいだし、今意見をぶつけ合ったって平行線にしかならない気がする。

こういうときは一度時間を置いて、双方《そうほう》の意見を冷静に吟味《ぎんみ》できるようになってから話をするべきだ。

とりあえず「これ以上言いたいことはないよ」と言って、口角を上げる。

今度はさっきより自然に笑えたはずだ。

「……エミは全然本音でぶつかってきてくれないんだな」

陛下は身を引いた私の対応が気に入らなかったらしく、再び深い息を吐いてから、首を横に振った。

「国境であったことについて、エミがこれ以上話したくないならそれはもういい。魔道具は……まったく。あいつらの性能は、見た目に選んだ生物の能力に影響《えいきょう》されるんだ。視界に入ってもエミが不快に思わないよう蝶にしたんだけど、判断ミスだったよ。あんな半人前にはエミを任せておけない」

「あの子は何も悪くないよ⁉」

「そんなことないだろ。作り手の要求に答えられないような道具だぞ。役立たずにもほどがある」

「ちょっと待って。そういう言い方ってないんじゃない⁉」

思わず大きい声を出すと、陛下は驚いたように瞬きをした。

ああ、もう、私ったら何をしてるんだろう。

意見の食い違いで空気が悪くなりそうだったから強引に話題を変えたのに、その直後にこれだ。

だけど、さっきとは違って、私が言葉を飲み込んでしまったら、陛下は蝶々ちゃんをリストラしそうな雰囲気だった。

「あの、さ……エミ、怒ってる、よな？　どうしてか理由を聞いてもいいか？」

どうやら陛下は、私が何に対して憤《いきどお》っているのか本当に理由がわからないらしく、途《と》方《ほう》に暮れたような顔で尋ねてきた。

「怒っているっていうより、どうしてっていう気持ちかな」

「うん」

「私にとって蝶々ちゃんは道具なんかじゃないから、陛下の言い方に納得がいかなかったの。だってあの子たちは、会話もできるし、笑いかけてくれたんだよ。それって、心があるってことじゃないの？　いくら魔法で作られているからって、単なる道具として扱《あつか》うのは悲しいよ」

「……なるほど。俺の中にはなかった考えだ。でもエミが嫌《いや》だって言うなら、改める。——魔道具に心がある、か。そんなふうに言う人間、今まで出会ったことないな」

「……変だって思う？」

この世界にはこの世界のルールがあるはずなのに、それを無視して自分の気持ちを優先させてしまう私は、結構やばいやつなんじゃないか。

そう思って問いかけると、陛下は表情を崩《くず》してふにゃっと笑った。

「なんでそんな不安そうな顔するんだ？　俺はそういうところを好きになったのに」

「……っ」

このタイミングでどうして底なしにかわいい顔して笑うのっ……。その不意打ちはずるい……。

「なあ、エミ。全部こうやって伝えてくれていいんだよ。俺に腹が立ったら、それもそのままぶつけていい。我慢《がまん》して飲み込まれると、エミを遠くに感じてしんどい」

「陛下……」

「とりあえず、蝶のことは俺が無神経だった。ごめん。今後もエミの傍《そば》に置く魔道具は、あの蝶でいいのか？」

「うん。あの子がいい」

「追加で猛獣型《もうじゅうがた》の魔道具に護衛させるっていう方法もあるよ」

「猛獣⁉　いやいや、あの子だけで大丈夫！　私、蝶々大好きだから！」

「ふうん」

エミは蝶が好きなのか、と独り言のように陛下が呟く。

そんな彼の横顔は、部屋に入ってきたときと比べてだいぶ穏《おだ》やかになっている。

「陛下、私もごめんね」

「え？」

「今日の昼間のこと。怒らせちゃったよね」

「……なんで俺が怒ったって思う？」

「それは、私が勝手に離宮を離れたから……？」

「……エミは俺の気持ちを全然わかってない」

彼は盛大《せいだい》なため息を吐《つ》いて、両手で顔を覆ってしまった。

「あ、あの、陛下？」

「エミのことが大事だって、何度も繰《く》り返《かえ》し言ってるのになんで全然届かないんだろ……。

言葉だけじゃ足りないってこと？」

指の隙間から、熱っぽい視線を向けられて、心臓がどきりと鳴った。

「悪いと思っているなら——来て」

「……っ」

椅子に座ったまま、陛下が私に向かって手を伸ばす。

いつも陛下から来てくれるから、自分自身で傍に近づいていくことがとても恥ずかしい。

ソファーから立ち上がった私は、ぎこちなく陛下の前に立ち、差し出された手を取った。

ちょっと気まずくて、目線を上げられない。

「何そのかわいい顔」

「えっ」

「照れて俯《うつむ》くとか。あっさり許しそうで腹が立つ……」

「ええっ⁉」

「そんな簡単に許したくない。めちゃくちゃ心配かけたことだけじゃなく、ローガンにべったりすぎることにも怒ってるし」

「そ、そうなの……？　って、べったりなんてことは全然ないよ⁉」

「本当はやっと仕事がひと段落ついて、今日の夜はエミと楽しく過ごすはずだったのに、ローガンのせいで台無しだ」

「大変だったお仕事片づいたんだ！　よかった！」

「……だからその笑顔《えがお》。そうやって毒気抜くのずるい。……もう、いい。やめる。無駄《むだ》に抗《あらが》っても俺がエミに夢中なのは変わらないし、何日も会えなかったのに不貞腐《ふてくさ》れてる場合じゃない」

「あ！　そうそれ！　この数日間、ご苦労様でした！」

「そこは私も会いたかったって言って欲しいところなんだけど……。はぁ……。エミも同じぐらい俺のことばかりになればいいのに。そうしてやりたい」

繋がれていた手をくんっと引かれ、陛下の両足の間に立つ格好になった。

下から私を見上げている陛下がゆっくりと手を伸ばしてくる。

「……ま、待った！　やっぱりこれは恥ずかしい……！」

「逃《に》げないで」

「……！」

珍しく自信なさげな顔でそんなふうに言われたら、拒《こば》めるわけがなかった。

なんだかんだ言って、私は陛下に弱いのだ……。

私がじっとしていると、遠慮《えんりょ》がちに彼の手が私の顎《あご》に触れてきた。

子猫《こねこ》をあやすように撫《な》でられ、くすぐったさに身を竦《すく》める。

彼の人差し指はそのままそっと私の下唇《したくちびる》に触れてきた。

真綿のような柔《やわ》らかさでゆっくり辿《たど》られ、ぞくりとなる。

「唇《くちびる》、冷たいな……」

陛下は困ったように眉《まゆ》を下げてから、手を離した。

「あまり調子がよくないのか？」

「え？　そんなことないと思うけど……」

「自覚がないだけじゃなくて？　そもそもエミは最近働きすぎだし。国境の話をしてるときなんて、真っ青だった。大事を取って明日は休め」

「えっ、でも……」

「休むこと！」

「う、うーん」

別にどこも悪くないはずだし、それに働きすぎなんてこともない。

陛下と違って私はちゃんと睡眠《すいみん》を取っている。

でもさすがに今日はこれ以上、自分の意見を通すわけにはいかない。

仕方なく私がわかったというと、陛下はようやく納得してくれた。

第五章

「……エミ。エミ」

「う、ん……？」

「どうしちゃったの？　もう朝よ。起きないの？」

重たい瞼《まぶた》をなんとか開けると、ぴったりと寄《よ》り添《そ》っておすわりしたエミリアちゃんが、私を覗《のぞ》き込んでいた。

「もしかして具合が悪いの？」

ピンク色の肉球がペタッと私の額に押し当てられる。

「熱はないみたい。でも顔色がよくないわね」

「うん、ちょっと怠《だる》いかも……」

体が重く、頭がすっきりしない。そのせいで寝過《ねす》ごしてしまったようだ。

なにかひどく恐《おそ》ろしい夢を見た気がするけれど、内容を思い出せない。

もしかして魘《うな》されたせいで熟睡《じゅくすい》できなかったのだろうか。

「医者に診《み》てもらったほうがいいんじゃないかしら？　それとも陛下を呼んでくる？　あんなやつ頼《たよ》りたくないけど、エミのためなら……！」

今すぐ部屋を飛び出していきそうなエミリアちゃんを慌《あわ》てて止める。

「ありがとうエミリアちゃん。でもそんな大ごとじゃないから」

まだエミリアちゃんが不安そうにしているから、私はわざと勢いよく体を起こした。

「エミ、無理してない？」

「あはは。本当に大丈夫《だいじょうぶ》。寝《ね》つきが悪かっただけだと思う」

「それならいいけど……。一応今日は姿を消してエミの傍《そば》にずっといるわね」

「え⁉　エミリアちゃん他にやりたいことがあるんじゃ……」

「何言ってるのよ。エミを見守るのが最優先よ！」

照れくさかったのか、エミリアちゃんはそれだけ言うと姿を消してしまった。

「ふふ、ありがとう」

エミリアちゃんが今までいた場所に向かってお礼を伝える。

彼女には隠《かく》してしまったけれど、体はまだ怠い。

でもこれ以上エミリアちゃんに心配をかけたくないから、しゃんとしようと思った。

一度深呼吸をしてから、いつもの朝と同じように控《ひか》えの間に繋《つな》がっている枕元《まくらもと》のベルを鳴らすと、私の身支度《みじたく》を手伝うためメイジーが来てくれた。

「おはようございます、妃殿下《ひでんか》。あの実は、ヒル卿《きょう》が一時間ほど前からお待ちです」

「え⁉　ローガンさんが⁉」

「妃殿下にご用があるようでした。いつもの作業場のほうにいらっしゃいます」

今日は休むという約束を陛下と交《か》わしたものの、ローガンさんにそのことを伝えていたわけではない。さすがに一時間も待たせておいて、「会えません」なんて言えるわけもなかった。できるだけ急いで支度《したく》をし、小走りで作業場へ向かう。

木にもたれかかって何かを熱心に読んでいたローガンさんは、息を切らして現れた私に気づくと、ゆっくりと身を起こした。

彼が読んでいたのは、以前、私が渡《わた》した癒《いや》しアイテムリストだ。

「妃殿下、今日はずいぶんお寝坊《ねぼう》さんだったじゃない」

「す、すみません……っ。お待たせしちゃって……はぁ……」

なかなか息が整わなくて、それだけ伝えるのが精《せい》いっぱいだ。

息を吸って吐《は》いても、ちっとも楽にならない。それどころか血がスウッと下がっていくような感じがして……。

まずい。これ、貧血《ひんけつ》だ。

「え？　ちょっと……妃殿下……!?」

「……っ」

ローガンさんの焦《あせ》った声を聞いた直後、視界がぐわんと歪《ゆが》んで、私はそのまま意識を失った。

エミが倒れた。執務室《しつむしつ》で仕事をしていたテオドールは、その報告を受けるや否《いな》や、何もかもを放り出して離宮へ駆けつけた。

幸い疲れから来た軽い貧血が原因で、今は薬を飲んでよく眠っているとのことだが、テオドールの気持ちはまったく落ち着かなかった。

何より気に入らないのが、テオドールより先にエミの部屋にいた男、ローガンの存在だ。

「いきなり倒れるから、ほんとびっくりしちゃったわ」

眠っているエミの様子を確認し、寝室から出てくると、ローガンはそんなふうに言いながらテオドールのもとへと近づいてきた。

「ローガン、来い」

テオドールは怒りのあまり嵐のように荒れた感情を何とか隠してそれだけ言うと、顎《あご》を動かして部屋の外へ出るよう示した。

しかし、幼い頃からの付き合いであるローガンは、そのこわばった表情からテオドールの苛立ちをすぐに察したのだろう。これはこっぴどくやられそうだというふうに肩を竦《すく》めてみせてから、テオドールの後に従った。

兵士たちの目が届かない柱廊の陰へ辿り着くと、テオドールは普段より低い声でローガンに問いかけた。

「おまえが強引にエミを連れ出したのか。昨晩休むように言っておいたのに」

「休むように言ってた？　どうして？」

エミの体調不良に本気で気づいていないのか、不思議そうに問いかけられカッとなる。

「エミを見ればわかるだろ！　顔色が良くないし、彼女は明らかに無理をしていた」

「あのね、アタシって結構他者の変化には敏感《びんかん》なほうよ。だけど、今回の件は気づきようがないわよ。妃殿下はもともとかなり色白だし、儚《はかな》げだし、健康的に見えるタイプじゃないじゃない？」

何を言っているんだこいつは、と思い、テオドールは顔を顰《しか》めた。

たしかにエミは色白で儚げではあるが、元気な時は頬《ほお》が薄桃色《うすももいろ》をしているし、柔らかい印象を与える眼差《まなざ》しの奥に、落ち着いた強さのようなものが宿っている。

そういう違いに気づけないなんて、どう考えてもローガンの目は節穴だ。

ただ、もしエミの変化をローガンが細かく見抜いていたら、それはそれでものすごく腹が立っただろうけれど……。

「おまえはエミのことをやっぱり何もわかってないな」

「えー？　そうかしら？　少なくとも初めて会った頃よりは、お近づきになれたと思うわよ？　儚いってのも見た目だけの話だし。喋《しゃべ》りはじめると意外と表情豊かだから、また印象が変わるわよね。ふふっ。妃殿下は黙ってるより、話したり動き回ってる時のほうがずっと魅力的《みりょくてき》よね。陛下もそういうところを好きに――」

「話が脱線してる。俺の質問への返事は？」

「もーっ。妃殿下のことになると、気が短くなるんだからぁ。――別に強引に連れ出したわけじゃないわ。ただ、妃殿下に用があったから、会いにきて待たせてもらったけれど」

「栄養ドリンクはすべての兵士に行き渡ったはずだ。それなのに用があっただって？」

「だって陛下、これ見てちょうだい！」

　上着の内側からローガンが紙の束を取り出す。訝《いぶか》しく思いながら差し出されたそれを受け取り、中身を確認したテオドールは、微《かす》かに目を見開いた。

「これは……」

「そう、妃殿下が書き出してくれた癒しアイテムリストよ。ねえ、まだこんなにたくさんのアイテムを作れるっていうの、すごいと思わない⁉　このアイテムのすべてに栄養ドリンクのような効果がついたら、この国をアーネット王国ぐらいの大国にすることだって夢じゃないわ！　想像するだけでゾクゾクするでしょう⁉」

　エミリアの故郷であるアーネット王国の名を出し、興奮した口調でローガンが言う。

「ひとまず、妃殿下にはこのリストにあるアイテムをすべて作ってもらって、その効果を試しましょうよ！　今日一日休むのは仕方ないとしても、陛下が頼めばあの子はまた頑張《がんば》ってくれると思うの。陛下の役に立ちたいって言ってたし！」

ローガンの提案を聞いた途端《とたん》、先ほどまでとは違う静かな怒りを覚え、体が震えた。

「ふざけるな！　俺は国のためにエミを利用するつもりは毛頭《もうとう》ない。おまえもそんな考えは今すぐ捨てろ」

そこで初めてローガンの顔つきが変わった。

揺れた瞳《ひとみ》から、ローガンの動揺が伝わってくる。

「な……なんでそんなこと言うのよ……。妃殿下の能力を使えば、」

「『使う』だなんて言い方はやめろ。エミは道具じゃない」

ローガンは深々と息を吐《は》くと、乱暴に自分の頭を掻《か》いた。

「――俺はそうは思いませんね」

突然、ローガンの顔つきも口調もがらりと変わった。

遊びは抜きで真剣に本音を伝えなければ、テオドールの心には響かないと思ったのか。

飄々《ひょうひょう》とした態度を改め、真面目な顔で意見してくる。

「妃殿下だけじゃなく、俺も、国も、兵士も、みんな国王陛下である貴方の道具として使われてしかるべきだ」

「エミは自ら進んで俺の妃になったわけじゃない。志願した兵士たちと同じなわけがない」

「初めはそうだったかもしれないけれど、今は妃殿下だって自分の立場を理解し、国の危機と真剣に向き合おうとしていらっしゃいますよ。そのために国境防衛戦の光景を見せたんですから」

「な、んだって……？」

「聞いてませんか？　妃殿下を兵舎にご招待した日、俺の記憶を追体験してもらったんですよ。悲惨《ひさん》な戦場の様子や、魔獣に兵士が殺されるところを見てもらったんです」

「ローガン、貴様ッ……!!」

怒りを抑えきれず、ローガンの胸倉《むなぐら》を掴み上げる。

国境防衛戦の詳細な報告書を読んだだけでも、見るに堪《た》えない惨状《さんじょう》だったことは想像に難《かた》くなかった。それをエミが見せられたなんて……。

「なぜそんなことをした！」

「妃殿下なら受け止めるだけの心の強さを持っていると思ったからです。実際に俺の読みどおりでしたよ。彼女は現実から目を逸《そ》らしたりはしなかった。たしかにショックを受けて震えてもいましたけれど、それでも――」

「ふざけるな!!」

悪びれもしないローガンを殴りつけると、彼は受け身を取ることもなく壁にぶつかって、その場に頽《くずお》れた。

「痛《い》たた……。ひどいじゃないですか」

「エミの心を傷つけたんだ。当然の報《むく》いだ」

座り込んだまま顔を顰めたローガンが、血の出た唇《くちびる》を拭う。

テオドールの手も痺《しび》れているが、そんなことは気にもならなかった。

「もう二度と、おまえをエミに会わせはしない」

「……っ」

「――西の砦の臨時司令官を探しているところだったな。国王権限で正式に命じる。ローガン・ヒル、本日中に王都を立ち、西の砦へ向かえ」

ローガンの瞳に絶望の色が広がる。たしかに西の砦も、かつての国境に近い問題を抱え、能力のある司令官を求めている。しかし、西の砦は王都からは遠く、そこへ送り込まれてしまえば、事態が解決するまでの一年近くテオドールやエミと関わることは不可能だった。

「陛下、ですが……！」

「異論は認めない」

「……っ。……俺を追い払ったところで無駄ですよ。妃殿下の中の意識は目覚めてしまった。もう今までのように、あの方を籠《かご》の鳥にして、国政から遠ざけておくことはできませんよ……」

テオドールはローガンを一睨《ひとにら》みすると、今日中に王都を出ていくよう念を押してから立ち去った。

しかし、最後にローガンが言った言葉は、テオドールの中にいびつな痕《あと》を残した。

思い返せば、国境防衛戦の話を知ったとエミから打ち明けられた日、彼女は言っていた。

『……あとね、私、知れてよかったと思ってる。たしかに驚いたし、ショックだったけれど、国境で起きたことや魔獣のことって、今この国が抱えている問題なんでしょう？　それを王妃が知らないって、まずいんじゃないかな』――と。

これまでは命の危険からエミを守るために、彼女の目や耳を塞いできたが、もう今のエミはそんなことを望んでいないのかもしれない。

エミが望まないことは、たとえそれがエミのためになるのだとしてもしたくなかった。

「だったら守り方を変えるべきなのか……」

エミの部屋が見える場所まで戻ってきたテオドールは、閉ざされている扉を見つめたまま一人呟いた。

彼女と会って話がしたい。いや、ただあの笑顔が見られるだけでいい。

もちろん休んでいるエミを起こすことなんて間違ってもできないが……。

エミを想う気持ちや、ローガンへの苛立ち、国王としての責任が心の中で入り乱れて、どうしようもなく感情が乱れた。結局テオドールは、やり場のない気持ちを抱えたまま、後ろ髪を引かれながら離宮を後にしたのだった——。

✦✦

どうして倒《たお》れるほどの貧血を起こしたのかもわからないまま、私は滾々《こんこん》と眠《ねむ》り続け——。

次に意識が戻《もど》ると、周囲はすっかり暗くなっていた。

すぐには状況《じょうきょう》を理解できず、ぼんやりしたまま視線を動かすと、ベッド脇《わき》の椅子《いす》に座っている陛下の心配そうな瞳《ひとみ》と視線がぶつかった。

「あ、目が覚めたか」

右手をきゅっと握《にぎ》られたことで、陛下がずっと手を繋いでいてくれたのだと気づいた。

陛下の隣《となり》にはエミリアちゃんの姿もある。この二人が喧嘩《けんか》をせずに並んでいるなんて珍《めずら》しい。ぼんやりした頭で、最初に思ったのはそんなことだった。

「エミ、体調はどうだ？」

眠りすぎたせいか頭と体がまだ重たいままだけれど、さすがにもうクラクラすることはなかったので、大丈夫だと伝えた。なのに陛下とエミリアちゃんの表情は明るくならない。

また心配をかけてしまったのが申し訳なかった。

しかも陛下には休むよう言われていたのに。

「ごめんなさい、陛下……」

「ん？」

意外にも穏《おだ》やかな声で問い返された。

私のことを怒《おこ》っていないのだろうか……？

「なぜ謝る？」

「昨日陛下と約束したのに、こんなことになっちゃって……」

「俺のことなんてどうでもいい。だけど、頼《たの》むから今日はもう休んでいてくれ。俺もこのまま傍にいるから」

「えっ。仕事はいいの？」

「エミのことが心配で仕事なんて手につかない。俺がここにいたいんだから気にするな」

「陛下……」

あれ……。変だな……。また眠くなってきてしまった。

「薬の中に眠くなる成分が入っているらしい」

「あ……。そなんだ……」

眠気《ねむけ》のあまり、呂律《ろれつ》が回らない。

「俺はずっと傍にいるから、安心して眠れ」

「陛下だけじゃないわ！　私も見守ってるからね……！」

「ふふ……。ふたりとも、ありがと……」

優《やさ》しい言葉に導かれるように瞼《まぶた》を閉じる。

自分がなぜ貧血を起こしたのか、聞き忘れたことにも気づかないまま……。


一日中寝《ね》ていたというのに、翌日も私の体調は万全《ばんぜん》とは言いがたかった。

なんとなく体と頭が重いのに合わせて、胃の辺りがキリキリする。

そういえば転生したばかりの時も、似たような体調不良に陥《おちい》ったのだった。あのとき胃の調子が悪かったのは、死ぬ前にエミリアちゃんが断食《だんじき》していた影響《えいきょう》だと思っていたのだけれど、再発したということは、私の推測は間違《まちが》っていたのかもしれない。

陛下はものすごく心配して、今日も一日ついていると言ってくれた。

でも、さすがに二日も仕事をサボらせるわけにはいかない。

ちゃんと休む、部屋から出ないと約束して説得すると、陛下は渋々《しぶしぶ》といった様子で仕事に向かった。

本当は胃痛ぐらいで安静にしてるのもどうかなと思うのだけれど、陛下を安心させるにはこうするしかなかった。——今は、その選択《せんたく》を後悔《こうかい》している。

実は私が休んでいたこの日、離宮《りきゅう》の外では大事件が起きていたのだ。

それを知ったのはさらに翌朝になってから。

異変に気づいたのは、その日の朝現れた侍女《じじょ》さんがメイジーではなかったからだ。

メイジーが非番の日は五日に一度で、彼女は前日に必ずそのことを伝えてくれていた。

今日は休みではなかったはずだけれど、もしかして彼女まで体調を崩《くず》してしまったのだろうか。代わりの侍女さんにメイジーのことを尋《たず》ねると、なぜか言葉を濁《にご》され「このあと陛下がご説明にいらっしゃるそうです」と言われてしまった。

しかも私の身支度を手伝い終えると、侍女さんは質問されることを避《さ》けるように慌てて部屋を出て行った。

「なんだか妙《みょう》ね」

私が一人きりになったのを見て、再び姿を現したエミリアちゃんが首を傾《かし》げる。

「そうだね……。陛下がわざわざ説明に来るなんて。メイジーに何かあったんじゃ……」

胸騒《むなさわ》ぎを覚えた途端、また胃がキリキリと痛み出した。

ああ、もう。今はそれどころじゃないのに……！

胃痛を無視して、落ち着きなく部屋を歩き回っていると、しばらくして陛下がやって来た。

「陛下、よかった！　待ってたの！」

「おはよう、エミ。……まだあまり顔色がよくないな」

「そんなことよりメイジーは？　何があったの？」

矢継《やつ》ぎ早《ばや》に問いかけると、難しい顔つきになった陛下から座るように促《うなが》された。

その態度が私の不安をいっそうかき立てる。それでもとにかく従うしかなくて、ソファーに浅く腰《こし》かけると、すぐ隣に座った陛下が私の手を握ってきた。

「昨日、兵士たちの間に、栄養ドリンクを作り出したのはエミだという噂《うわさ》が広まった」

「え⁉」

「噂の出所はまだ割り出せていない。しかし、真実を知る人間は限られている。俺たち以外には、エミの侍女のメイジーと、離宮の料理人たちだ。その者たちは今、王宮内の幽閉《ゆうへい》塔《とう》に捕《と》らえてある」

あまりのことに絶句する。

「捕らえてあるって……なんでそんなことしたの⁉」

「その者たちの中に噂を流した犯人がいるからだよ」

「メイジーや料理長さんたちが噂なんて広めるわけないよ……！」

「なら、他に誰《だれ》か話した相手はいるか？」

「それは……」

「だったら、そいつらの誰かが秘密を漏《も》らしたということになる」

「それはおかしいじゃない。陛下の部下の男、ローガン・ヒルは？」

不機嫌《ふきげん》な顔で黙《だま》ってやりとりを聞いていたエミリアちゃんが、そこで初めて口を開いた。

ローガンさんの話題が出た途端、陛下の眉間《みけん》に深い皺《しわ》が寄る。

「もちろんローガンにも事情を聞く。ただあいつは、一昨日の時点で、西の砦《とりで》に追《お》い払《はら》っていたんだ。今のところ兵士たちは皆《みな》、噂を聞きはじめたのは昨日だと言っている」

「あの……西の砦って？」

「この国の西には広大な森が広がっている。その森を守っている砦のことだ」

「ここから遠いの？」

「ああ。西の砦は、王都から三マイル近く離れている。馬車でも四日はかかる距離だ。早馬を走らせたところで、二日は必要だ」

「つまり、昨日不在にしていたローガンさんには噂を流せなかったってことだよね！」

「一昨日のうちに誰かに話して、一日黙っていろと命じた——という可能性もなくはない」

ローガンさんが関わっていないと確信を持ち、安心した私とは違い、陛下はまだ彼への疑いを抱《いだ》いているようだ。

「噂をそんな簡単にコントロールできるとは思えないわよ」

黙り込んだ私に代わって、エミリアちゃんが返事をした。

「まぁ、そういうことだな。それにローガンはエミの能力をかなり高く買っていたから、そもそも噂を流す動機《どうき》がない。こんな噂が広まれば、今後エミが癒しアイテムを作るのは難しくなる。軍のためにエミの癒しアイテムを求めているローガンは損をするだけだ。まあ、そのすべてがローガンの演技で、異世界人であるエミを陥《おとしい》れて排除《はいじょ》するつもりだったって線も消えたわけではないが」

冷ややかな態度で分析《ぶんせき》する陛下には、ローガンさんを庇《かば》おうという気持ちがまったく見られなくて私を戸惑《とまど》わせた。

従兄《いとこ》なのにどうして……？　それに、一昨日の時点で西の砦に追い払ったって……。

「……ねえ、陛下。どうしてローガンさんは西の砦に行くことになったの？」

「はっ。この期《ご》に及《およ》んで、まず気になるのはそこ？」

陛下は一瞬《いっしゅん》、ひどく傷ついたかのように瞳を揺《ゆ》らし、でもすぐに意地悪な笑《え》みを綺麗な顔に貼《は》りつけた。

「ちょっと陛下!?　エミに対してなんて態度とるのよ！」

私を庇ってくれたエミリアちゃんを、陛下が煩《わずら》わしげに睨《にら》みつける。

「精霊殿《せいれいどの》はそこで喚《わめ》いていることしかできないのか？」

「なんですって？」

「単なるエミのペットではないと言うのなら、その精霊の力を使って噂の出所を突《つ》き止《と》めてきたらどうだ。それさえわかれば、俺も侍女や料理人たちを尋問《じんもん》する必要がなくなる」

「尋問って……。

「それって穏便《おんびん》に事情を聞くだけだよね？」

なんだか嫌《いや》な予感がして尋ねると、陛下は軽く肩《かた》を竦《すく》めてみせた。

「さあな。犯人がすんなり白状しないのならば、穏やかに話をするだけじゃ済まなくなるだろうな。拷問官《ごうもんかん》はもう呼び寄せてある」

私の日常にはなかった単語が出てきて、言葉を失う。

ありえない……！　メイジーや料理人さんたちをそんな目に遭《あ》わせるわけにはいかない。

「陛下、お願い！　みんなにひどいことをしないで……!!」

「たとえエミの頼みであっても、それは承諾《しょうだく》できない。俺は俺の大事なものに害をなす輩《やから》を優しく扱《あつか》うほどお人好《ひとよ》しじゃないんでね」

「ただ噂を流されただけだし、害をなすっていうほどじゃ――」

「本気で言ってるのか？　今までどんな研究者も成《な》し遂《と》げられなかった薬を作ったのが、エミだと知れ渡ったんだぞ!?」

陛下から向けられる眼差しの中には、どうしてわかってくれないんだという非難の感情が色濃《いろこ》く滲《にじ》んでいた。

「これだけ不特定多数に広まってしまったら、記憶《きおく》を消す魔法《まほう》では対処できない。栄養ドリンクを分析された場合、あのアイテムに魔力《まりょく》がまったく宿っていないと気づかれる可能性だって十分ある。そうなったらエミが異世界からの転生者だとバレてしまう。異世界人だとわかったら、どんな危機が待っているか、どれだけ命の危険に晒《さら》されるか——それはもう説明したよな？」

「うん……」

「なら俺が噂話《うわさばなし》を流した人間に対して、どれだけ憤《いきどお》っているかわかるだろう？　そいつはエミの首にナイフを突きつけたのと変わらない」

「そうだとしても、疑いがあるってだけで幽閉塔に閉じ込めるなんてやっぱり間違ってるよ。せめて、自分の部屋で謹慎《きんしん》とか……！」

「だめだ」

いまや陛下の心は完全に閉ざされていて、私の言い分なんてまったく聞いてくれそうになかった。

どうしてこんなことになってしまったのだろう。先日の夜、ちゃんと話せば陛下はわかってくれると思っていたのに、私のその考えは甘かったのだろうか。

私が力なくソファーに座り込むと、エミリアちゃんが膝《ひざ》の上に前足をかけてきた。足の間に両手を入れてふわふわなその体を抱《だ》き上《あ》げる。

「エミ、大丈夫よ。馬鹿陛下なんかあてにしなくても、私が噂話を流した犯人をすぐに見つけてきてあげる！」

　エミリアちゃんが力強い声で言ってくれる。

「エミリアちゃん……」

「姿を消して兵士たちの間を飛び回れば、情報収集なんて簡単にできるわ。今からひとっ飛びしてくるから。──陛下、一日待ってなさい！」

　エミリアちゃんは陛下に向かって右足をビシッと突き出すと、返事を待たず窓から飛び出していった。

✦✦

　陛下と取り残された部屋に、嫌な沈黙《ちんもく》が流れる。

「ようやく二人きりになれたな」

　なぜ今そんなことを言うのだろう。

　陛下の意図がわからなくて窺《うかが》うように視線を向けると、彼の暗い眼差しと目が合った。

　ぎくりとして反射的に身を引けば、陛下は自分の感情を持て余しているかのような仕草で前髪《まえがみ》を乱暴にかき上げた。

「俺と違《ちが》って、エミはうれしくないみたいだな」

「そんなこと言わないで……。まるで、この状況を喜んでるみたいに聞こえるよ」

「別に構わない。間違ってないから」

「……っ」

「ローガンも、侍女も、料理人たちも、エミリアも。俺が邪魔《じゃま》だと思っていたやつらがみんないなくなったんだから」

私は呆然《ぼうぜん》とした。こんな言葉、きっと陛下の真意ではない。だけどそれならどうして、そんなひどいことを言うのか。

「俺は俺以外のやつなんて、エミの傍からいなくなればいいのにって思ってる。そうすれば、エミに及ぶ危険を最小限に食い止められるし、こんなふうに苛立つこともなくなる。なあ、エミ。俺以外の人間が必要？」

「……どういう意味？」

「エミの話し相手には俺がなる。寂《さび》しがらせたりしない」

「それで陛下以外の誰とも接することなく生きていけっていうの？」

そんな狭《せま》い世界、私は怖《こわ》い。

「たった一人の人としか関わらないなんて、何もかも陛下に依存《いぞん》してしまいそうだよ」

「それで構わない。俺がエミのすべてを受け止めるから」

陛下は私の両腕《りょううで》を摑《つか》むと、自分の胸の中にぐっと引き寄せた。

私たちの間に生じてしまった心の隙間《すきま》を、強引《ごういん》に埋《う》めるかのように。

すれ違った心を体温で誤魔化《ごまか》すなんて、正しいとは思えない。

その気持ちを伝えたくて、陛下の胸を押し、距離《きょり》を取る。

彼の瞳が、なぜ拒《こば》むんだと問いかけるように揺れた。

「私にとってエミリアちゃんやメイジーや料理長さんたちとの繋がりは大切なの。それにローガンさんだって」

「は？　なんでそこにローガンが入る」

理由なんて、そんなの決まってる。

ローガンさんは陛下と近しい親族だ。私が陛下の奥さんとしてこの世界で生きていくのに、彼の親族を蔑《ないがし》ろにできるわけがない。

「あのね、陛下、私がローガンさんと仲良くなりたいのは、陛下のためだよ」

「俺のため？　俺がその行動に腹を立ててるのに？」

さすがにムッとなる。なぜ全然わかってくれないんだろう。

「そもそも腹を立てるのがおかしいとは思わないの？　ローガンさんはあんなに陛下のためを思って行動してるじゃない。もうちょっと優しくしてあげてもいいんじゃないかな」

「優しく？　冗談じゃない。ローガンは自分のやりたいようにしているだけだ。俺がそれを望んだわけじゃない」

「そんな子供っぽいこと言うなんて、いつもの陛下らしくないよ」

「どうせ俺はエミからしたら子供だよ」

だめだ。売り言葉に買い言葉になってきた。

こんな幼稚《ようち》な喧嘩をするなんてどうかしている。

「とにかくあんまり蔑ろにしてたら、ローガンさんが可哀想《かわいそう》だよ」

「……エミはあいつを庇ってばかりだな。俺は悪者で、ローガンは可哀想、か」

「庇うとかそういうことじゃなくて――」

「そんな話なら聞きたくない」

「もう！　ローガンさんは陛下の従兄でしょ」

「従兄だから何？　あいつは男だ。いや、性別なんてどうだっていい。俺とエミの間を邪魔する人間は男女関係なく腹が立つ」

「それはちょっとどうかな⁉」

「言っとくけど俺のせいじゃないからな。妬《や》かせるエミが悪い」

「……⁉　なんで私のせいなの⁉　私は何もしてないよ……！」

「俺をこんなふうにしたのはエミなのに。何もしてないだって？　ひどいな……」

掠《かす》れた声で陛下が自嘲《じちょう》気味に笑う。

彼の暗い瞳の中に、燃えるような熱が宿る。

あっと思ったときには腕《うで》を掴まれ、痛いぐらいの力で抱きしめられていた。

多分彼は今、コントロールできないほどの感情を抱《かか》えていて、こうやってぶつけることしかできないのだろう。

でも、陛下。こんなのは間違ってるよ。

「……放して」

「放したくない」

私を拘束《こうそく》したまま、陛下が顔を近づけてくる。

彼が何をしようとしているかわからないほど子供ではない。

とっさに俯《うつむ》くと、強引な指に顎《あご》を捕らえられた。

「やめて」

「どうして」

「触《ふ》れられたくない」

そんなふうに一方的な感情で、キスを求めるなんて間違っている。

私が冷静に拒絶《きょぜつ》の言葉を伝えると、陛下は怯《ひる》んだように動きを止めた。

その隙《すき》に彼の腕の中から抜《ぬ》け出す。

「エミ……」

混乱しているような声で私の名前を呼んだ陛下が、すがるように手を伸《の》ばしてくる。

体を背《そむ》けて逃《に》げると、彼は呆然《ぼうぜん》とした顔で力なく腕を下ろした。

「私、こういうのは嫌だ」

「……っ」

陛下の表情が歪《ゆが》む。

彼は、まるで迷子になった子供のような、今にも泣き出しそうな顔をした。

それを見て、ハッと我に返る。こんなふうに拒絶するつもりはなかった。

「あ、陛下……」

傷つけた。

そう気づいた時には、すでに手遅《てお》れで……。

「わかった。もういい。エミはこの部屋にいろ。外に出ることは許さない」

感情のこもっていない声でそう命じると、陛下は私のほうを見ることなく部屋を出ていった。

引き留めることなんてできなかった。

彼の背中が、全身で私を拒絶していたから――。

✦✦

「どうしよう……」

陛下がいなくなってからしばらく、私は扉《とびら》を見つめたまま途方《とほう》に暮れていた。

傷つけてしまったのに、謝ることもできなかった。

「あんな顔、させたかったわけじゃないのに……」

数日前、蝶々《ちょうちょう》ちゃんのことで意見が食《く》い違ったときは、しっかり話をしてわかり合えたことをうれしく思えたのに、どうしてこんなにこじれてしまったのだろう。

ため息がとめどなく溢《あふ》れ出す。

「……冷静になってちゃんと話せば、きっとまた仲直りできるよね……」

でもそれは陛下が向き合ってくれたらの話だ。

去り際の彼は「もういい」と言っていた。

もしかしたら、容赦《ようしゃ》なく拒絶の言葉をぶつけた私の顔なんて、二度と見たくないと思われているかもしれない。

自分が蒔《ま》いた種なのに、想像しただけで息が詰《つ》まった。

「……って、自分のことばかり考えてたらだめだ」

今この時も、メイジーや料理長さんたちは恐ろしい想《おも》いをしているのだ。

彼らがひどい扱いを受けていないか、それだけでも確認《かくにん》しないと。

陛下とのことは、その後でちゃんと考えたい。

メイジーたちが幽閉《ゆうへい》されているのは、王宮内にある塔《とう》だと言っていた。林を抜けて視野が開ければ、背の高い塔を見つけるのは難しくないはずだ。以前ローガンさんが一般兵《いっぱんへい》の中には、私の魔力が皆無《かいむ》だと見分けられるほどの実力者はいないと言っていたし、今は大切な人たちの危機。

自分の身の心配など二の次だった。

だって尋問って……。

陛下は、場合によっては拷問すらありえるような言い方をしていた。

そんなこと何が何でも止めなくちゃ……‼

私はかつて部屋を抜け出した時と同じ方法を取るため、バルコニーに出た。

ここ数日、ずっといい天気だったのに、今日の空にはどんよりとした雲が垂れ込めている。風は湿気《しっけ》を孕《はら》み、いつ雨が降り出してもおかしくないような空模様だ。

「……蝶々ちゃん、いる？」

囁き声で呼びかけてみる。

蝶々ちゃんの主人は陛下だとわかっているけれど、だめもとで口止めをしてみようと思ったのだ。すぐに脱走《だっそう》を陛下に報告されて、連れ戻されてしまうのでは困る。

ところが何度呼びかけても、蝶々ちゃんは姿を見せない。

変だな。いつも私の傍にいるわけじゃないのかな？

訝《いぶか》しく思いながら、柱をつたって地上に降り立つ。

周囲を見回しても、やはり蝶々は一匹《ぴき》も飛んでいない。

首を傾げつつ、林の中へ入っていく。

しばらく進んでいくと、背後でカサッと葉の揺れる音がした。

蝶々ちゃんであることを期待して振《ふ》り向《む》いた私は、突然《とつぜん》、頭がクラクラするような甘い香りに包まれた。

「な、に……これ……」

ぐらりと傾《かたむ》いた私の体を誰かが支える。

その相手の正体も摑めないまま、気が遠くなっていき――。

うそでしょ……。

こんな頻繁《ひんぱん》に気絶するとか、一昔前の漫画《まんが》のヒロインじゃないんだから……。

第六章

頬《ほお》が冷たい。
そう思って目を覚ました私は、自分が石の床《ゆか》に転がされていることに気づいた。
まだ頭がボーッとしていて、状況《じょうきょう》をすんなり理解できない。
どこか遠くで雨の音が寂《さび》しく響《ひび》いている。
ゆっくり身を起こして、周囲を見回す。
椅子《いす》とベッドがあるだけの殺風景な部屋。
その隅《すみ》に目を向けた瞬間《しゅんかん》、息を呑《の》んだ。
見るも無惨《むざん》な姿になった蝶々《ちょうちょう》が落ちている。
羽の色から、それがあの蝶々ちゃんだとすぐにわかった。
「そんな……」
ふらつきながらも傍《そば》に駆《か》け寄《よ》り、彼女の体をそっと掬《すく》い上《あ》げる。
ところどころちぎれた羽が微《かす》かに揺《ゆ》れた。
息があることがわかっても、安心することなんてできなかった。
彼女の触角《しょっかく》は引《ひ》き抜《ぬ》かれ、眼は潰《つぶ》されていた。

「ひ……でんか……」

「蝶々ちゃん！」

「ご、めんなさい……。……これではもう陛下に信号を送れません……。妃殿下《ひでんか》が……助けを必要としているのに……」

「そんなことはいいよ！　それより私に何かできることはある？」

その時、低い音を立てて、部屋の扉《とびら》が開かれた。

姿を現した人物を見て、衝撃《しょうげき》に目を見開く。

「ルゥくん……」

ローガンさんの魔道具《まどうぐ》であるルゥくんは、後ろ手で扉を閉めると、通せんぼをするように両手を広げた。

「魔道具の体を復元するには魔力《まりょく》が必要です。だから、妃殿下がその蝶《ちょう》のためにできることは何もありません。あ、それから、無理矢理出て行こうとしないでくださいね。妃殿下を傷つけたくはないので」

まるで牢獄《ろうごく》のようなこの部屋と、窓にはめられた鉄格子《てつごうし》。

それに今のルゥくんの発言。

……私、閉じ込められたんだ。

でも、今はそんなことより！

「あなたは魔法《まほう》を使えるの？　だったらお願い、蝶々ちゃんを助けてあげて！　このままじゃ、この子は……」

「安心してください。魔道具は壊《こわ》れるだけで死にません。体を作りかえて、今の個体が持っている記憶《きおく》を植えつければ、以前と同じように使用できるようになりますよ。ね？　死ぬわけじゃないでしょう？」

ルゥくんには、それが『死』と変わらないことだとはわからないのだろうか。

「でも、それ以前にその魔道具は今のところ壊れません。僕の判断でそこまでしていいのかわからなかったので、ちゃんと手加減をしました」

相変わらずルゥくんは微笑《ほほえ》み続けている。

この愛らしい少年の笑《え》みを、私は心底恐《おそ》ろしく思った。

「……あなたが、蝶々ちゃんにこんなひどいことをしたの？」

「はい。そうしないと妃殿下を連れ去ったのが僕だとすぐにバレてしまうので」

「どうしてこんなこと……」

「妃殿下を連れ去った理由ですか？　もちろんローガン様のためです。ローガン様は妃殿下の力を必要とされています。それなのに、陛下の命で妃殿下から遠ざけられてしまいました。今のままではお困りだと思ったので、陛下の掌中《しょうちゅう》から妃殿下を奪《うば》わせていただいたんです」

どうやらこの事態はルゥくんの独断で実行されたもののようだ。

それを知って、私は内心安堵《あんど》した。それなら、きっとすぐ解放してもらえるはずだ。

ローガンさんがこの状況を知ってくれさえすれば……。

「ローガンさんはどこ？　彼はこんなこと許さないよ」

「はい……。勝手な行動をしたと怒《おこ》られてしまいました」

そこで初めてルゥくんがしょんぼりした顔になって肩《かた》を落とした。

「待って。ローガンさんは私がここにいるのを知っているの？」

「はい」

「……ローガンさんは、私をすぐ離宮《りきゅう》に戻《もど》すよう言わなかったの？」

「ローガン様は――……あ、お帰りになられました！　こちらに向かわれているので少々お待ちください」

ローガンさんの魔道具だからわかるのか、ルウ君が扉のほうを振《ふ》り返《かえ》り、うれしそうな声を上げる。子供らしくはしゃぐ彼の姿は、ひどく場違《ばちが》いだった。

なんだか嫌《いや》な予感がする。

しばらくすると、私の気持ちを不安にさせるような音を立てて、再び扉が開いた。

ルゥくんが予告したとおり、現れたのはローガンさんだ。

「ごめんなさいね、妃殿下。びっくりしたでしょう？　ていうか、あなたが倒《たお》れちゃった日以来ね。その後どう？」

「そんなことより……！」

「ああ、ここがどこだか知りたいわよね。ここは王都の南西にあるウィンフォード城。アタシの父の持ち物で、もともとは王都を守るための砦《とりで》だったのよ。まあ十年以上前にお役ごめんになって、今はこのとおり廃城《はいじょう》になっているけれどね」

　ここがどこかなんてどうでもいい。

「じゃなくて、私たちを離宮に帰してください。一刻も早く蝶々ちゃんを陛下に治してもらいたいんです」

「あら、それは無理よ」

「なっ……。どうしてですか！　私たちをこの城に連れてきたのは、ルゥくんの独断だったんですよね？」

「そうなのよ。本当に困った子でしょ。こっぴどく叱《しか》っといたわ」

「それなら、なぜ……！」

「アタシが怒ったのは、勝手に相談なく行動を起こしたことに対してよ。命じてもいないことをされたら収拾《しゅうしゅう》がつかなくなってしまうもの。でも、妃殿下を陛下から奪ったこと自体はよくやったって褒《ほ》めてあげたわ。——これでアタシは、あなたを独占《どくせん》できる」

「……！」

ローガンさんがそう言い放つのと同時に、窓の外で雷鳴《らいめい》が轟《とどろ》いた。

突然《とつぜん》のことに驚《おどろ》き、悲鳴を上げそうになった。

話に気を取られている間に勢いを増した雨が、窓ガラスを容赦《ようしゃ》なく叩《たた》く。

「妃殿下には今日からこの城で、朝から晩までひたすら『癒《いや》しアイテム』を作ってもらうわ。あなたの趣味《しゅみ》で、好きなことでもあるのだから苦じゃないわよね。それにね、これはあなた以外にできないことだし、兵士たちみんなから求められているのよ。やり甲斐《がい》を感じるでしょ？」

私はローガンさんの言葉に呆然《ぼうぜん》とした。

『好きでやってるんだから文句はないな』『やり甲斐のある仕事だろう』『求められているんだから頑張《がんば》れるよな』

これは社畜《しゃちく》時代に、上司からさんざん言われてきたセリフだ。

どうして今まで気づかなかったのだろう。

ローガンさんは、社畜製造器だ……!!

振り返れば離宮にいた頃《ころ》も、ローガンさんにのせられ、休憩《きゅうけい》を取らずに一日中栄養ドリンクを作り続けていた。

それは陛下も心配するわけだ。

怖《こわ》すぎる……。社畜ってこんな簡単に再発するものなの……？

しかも自分でそれに気づけていなかったなんて……。

私が震《ふる》え上がるのと同時に、またズキンと胃が痛んだ。

この胃痛の原因もようやくわかった。

これは社畜化がもたらしたストレスによるものだ……！

「というわけでさっそく――」

「私はもうお手伝いできません」

「あら……。なぜ？」

「こんなふうに閉じ込めておいて、私がほいほい協力すると思うなんてどうかしています」

「居場所が変わっただけじゃない。妃殿下はもともと離宮に閉じ込められていたでしょ。出歩けるのなんて裏の林の中までだったじゃない」

「でも、陛下は私を自由にさせてくれていました」

たしかに出会ったばかりの頃は、部屋から出てはいけないと言われたりもした。

でも、それだって私の身を案じてのことだったし、不満を伝えれば対処してくれた。

それに何より、離宮に用意された部屋は、最初からとても居心地がよかった。

日当たりがよくて広々とした室内、上品で愛らしい家具、私の目を楽しませようとして陛下が送ってくれた贈り物たち、彼が買い与えてくれた癒しアイテム作製用の道具類。

そういうものの一つ一つに、私が窮屈《きゅうくつ》な思いをしないようにという陛下の気遣いが感じ取れる。

そう、だから、居場所が変わっただけなんてことは決してない。

だって、あの離宮には陛下の思いやりが溢《あふ》れていた。

この牢獄のように殺風景で冷たい部屋とは違って――。

「アタシからすれば、そんなふうに妃殿下を自由にさせておくなんて、陛下の正気を疑う部分だったんだけど――あのね、妃殿下。うちの国は三つの小国が合体してできた連合国なの。知ってた？」

黙《だま》ったまま首を横に振る。

「そのせいで、周辺の歴史ある大国に比べてうちには地力がないのよ。軍隊の規模も他国の四分の一ってところね。そのうえ、魔獣《まじゅう》の襲来《しゅうらい》を頻繁《ひんぱん》に受けている。それでかなり国を守る力が弱まっているわ。早急《さっきゅう》に軍隊を強化しないと、国を乗っ取られかねない。たとえば、うちの領土をずっと欲《ほ》しがっているあなたの祖国、なんかにね」

軍をあずかるローガンさんには、彼なりの事情があるのはわかる。

それでも、私はもうほだされたりしない。

ルゥくんとローガンさんが蝶々ちゃんにしたことは、絶対に許せなかった。

「とにかく、私はローガンさんのためには何も作りません」

「そう言われても、こっちにはあなたを離宮に戻してあげるっていう選択肢《せんたくし》はないのよ。そんなことしたら、陛下は二度とあなたとアタシを関わらせないでしょうし。それ以前に、アタシは即座《そくざ》に殺されるはずよ。陛下の宝物を攫《さら》っちゃったんだから」

「そこは私がちゃんと仲裁《ちゅうさい》して、陛下を説得するので……！」

ローガンさんは私の言葉などまったく信頼《しんらい》していないとでもいうように、鼻で笑った。

「妃殿下、あなたが陛下の手綱《たづな》を握《にぎ》れるとはまったく思えないんだけど。まあ、いいわ。じゃあこうしましょ。妃殿下が手を貸してくれるなら、その瀕死《ひんし》の蝶をある程度治してあげる。もちろん陛下に連絡《れんらく》を取らせるわけにはいかないから、情報を飛ばすための触角も、目の前で起きたことを記録するための眼も戻すわけにはいかないけれど。この部屋の中なら元気よく飛び回れるようになるわよ。ただ、もしまだ協力を拒《こば》むっていうなら、この場でその子を壊すわ」

「……っ‼　あなたは最低です！」

「あは、かもね。でも、最低な人間に成り下がっても、私は陛下を支えるこの国の軍隊を守らなければいけないのよ」

「それで陛下が喜ぶと思ってるんですか？」

「お馬鹿さんねえ、妃殿下。主を喜ばせることだけ考えて行動するなんて、無能な部下のすることよ」

隣《となり》で小さくなったルゥくんの頭を、ローガンさんが乱暴に撫《な》でる。

「陛下を喜ばせるのではなく、結果的に彼の役に立つことをする。それがアタシの使命なの。さあ、妃殿下。どうする？　決断して」

「……」

「陛下の助けを期待しても無駄《むだ》よ。栄養ドリンクを作ったのが妃殿下だっていう噂《うわさ》が広まったあとに、あなたが失踪《しっそう》したでしょ？　城では今、特別な技術を狙《ねら》った何者かが妃殿下を拐《かどわ》かしたっていう線で捜査《そうさ》が行われているわ。段階的にちゃんと噂を流しておくなんて、ルゥも意外と優秀《ゆうしゅう》でしょう？」

「それじゃあ、あの噂もルゥくんが……」

「そうそう、あと、妃殿下の存在を探知されないよう、この城の周辺には魔法をかけてあるの。その魔法陣《まほうじん》の中にいる限り、陛下はあなたを見つけだすことができない」

ローガンさんは私の希望を根こそぎ摘《つ》み取《と》ると、満足そうに口元を歪《ゆが》めて笑った。

ここに陛下はいない。

私を助けてくれることはない。

そう思ったら、どうしようもないぐらいの不安が襲いかかってきた。陛下の傍で、彼に守られているからこそ、安心して過ごしていられたのだと思い知らされる。

「ねえ、妃殿下。あなただって、陛下の役に立ちたいって言ってたじゃない。その気持ちに偽りがないのだったら、この城でアタシと一緒に陛下のためになることをしましょう?」

「……っ」

……私、馬鹿すぎる。

『陛下のため』という言葉に隠されたローガンさんの利己的な想いに、まったく気づかなかったなんて。

しかもそのことで陛下を責めてしまった。

『ローガンさんはあんなに陛下のためを思って行動してるじゃない。もうちょっと優しくしてあげてもいいんじゃないかな』

自分が陛下に放った言葉を思い出し、心底後悔する。そんなことは望んでいないと言って怒った陛下のほうが、ずっと真実を見極めていたのだ。

そのうえ、ローガンさんの言葉を鵜呑《うの》みにした私は、陛下の役に立つと思い込んで、ひたすらローガンさんのために栄養ドリンクを作り続けた。

それによって兵士さんたちを救えたことはうれしい。

でも、その裏では、陛下が一人で山ほど積み上がった仕事と向き合っていたのだ。

陛下のために——、なんて言いながら、私自身も彼のことをおざなりにしてしまった。

その事実を前に、胸が痛んだ。

ごめんね、陛下……。

今すぐ彼に謝りたい。言ってしまったひどい言葉や、彼を傷つけた態度のことを。

「さあ、妃殿下。蝶を治す代わりにアタシに協力するか否か。あなたの答えを聞かせてちょうだい」

ローガンさんが私に向かって手を差し出してくる。

私にはローガンさんの要求を呑む以外、道はなかった。

だけど、決して諦めたわけじゃない。

だって私は陛下に謝らなければいけないから。

絶対に、なんとしてでも自力でここから抜け出してやる――。

◆

ローガンさんは約束を守り、即座に蝶々ちゃんを治してくれた。

ただし「妃殿下が癒しアイテム作りを拒んだら、蝶は元どおりよ」と釘《くぎ》を刺《さ》すことも忘れなかった。

卑劣《ひれつ》な彼に対して、どれだけ頭にきても今は大人しく従うしかない。

その翌日、ローガンさんは自らの手で、癒しアイテムを作るための様々な器具を運び込んだ。

「前にも言ったとおり、どんな効果が出るのか確認《かくにん》したいから、まずは一通り全部作ってもらいたいの。妃殿下のリストに書かれていたのは、五十八種類だったわね。とりあえずそれを十日で完成させて」

何そのスケジュール⁉　一日五個作っても間に合わないじゃない⁉

そもそも一日に五個作ること自体無茶だ。

そう伝えると、ローガンさんはにっこりと笑った。

「他にすることなんてないんだからいけるわよ。頑張って、妃殿下」

「ありえません！　それじゃ寝《ね》る時間も取れませんよ！」

「人間、一日二日寝なくても平気よ？」

だめだ。この人、本当に筋金入りの社畜製造器だ。話しているだけで疲《つか》れてきた。

「兵士さんたちにもそんな無茶を強《し》いているんですか？」

「もちろん。でも部下だけじゃなく、アタシだってちゃんとバリバリ働いているわよ。特に王都に帰還《きかん》してからは、日中妃殿下のところに通いどおしだったでしょ？　だから、自分の仕事を夜にやるしかなくて、連日徹夜《てつや》続きだったし」

「あなた自身も社畜か……！」

もうやだ。こんなところだけ日本と似てなくてもいいじゃない……。

「社畜ってなあに？」

「つまり、仕事の奴隷《どれい》ってことです！」

「仕事っていうより、アタシたちは国の奴隷よね。兵士であるアタシも、公人である妃殿下も。みんな国と国王の所有物なんだから。命がけで尽《つ》くすのも当たり前ってわけ」

いや、当たり前なわけがない。

そんな個人の幸せが蔑《ないがし》ろにされている国で、誰《だれ》が暮らしていきたいと望むものか。

少なくとも、私はそんな国を大切には思えない。

「私はローガンさんの意見に賛成できません」

きっぱり否定すると、ローガンさんは物わかりの悪い子供に向けるような表情を浮《う》かべた。

「さ、妃殿下。これから作るものの材料を教えてちょうだい。すぐに仕入れてくるわ。十日で五十八種類だから、明日はとりあえず六種類分の材料が必要よね」

ローガンさんは、意味深に蝶々ちゃんを見ながら言った。

従うしかないのだと暗に示しているのだ。

――でもね。

私だって何も考えていないわけじゃない。

気持ちだけでもローガンさんの与《あた》えてくるプレッシャーに負けないよう、無理矢理笑って彼に伝えた。

「じゃあ今から言う材料を用意して下さい。ラベンダーの花、香水《こうすい》の瓶《びん》、それから――」

翌日はまだ薄暗《うすぐら》いうちに起こされ、朝食を食べたらすぐ作業を開始するよう命じられた。外は雨のまま。鉄格子の向こうに見える狭《せま》い空は、どんよりとした鈍色《にびいろ》に塗《ぬ》り潰されていた。

ルゥくんは作業中ずっと部屋にいて、私の行動を監視《かんし》している。もはや社畜を通り越して、囚人《しゅうじん》にでもなった気分だ。

どうしたって佐伯《さえき》えみ時代の辛《つら》い記憶が甦《よみがえ》ってしまう。そのせいで胃もずっと痛い。

当然朝食も全然食べられなかったけれど、ローガンさんもルゥくんも私の体調には無頓《むとん》着《ちゃく》だった。過労で調子を崩《くず》し、人が死ぬこともあるなんて、微塵《みじん》も想像していないのだろう。

一時期、私が食事のことで悩まされていたと知っている陛下は、問題が解決してからも度々『料理は口に合っているか？』『不満があったら必ず俺に言え』と伝えてきた。

それどころか『食べたいものはないか？　エミが望むのなら世界中のどんな食材でも入

手してみせる。珍味《ちんみ》に興味はあるか？　もし食べてみたければ、魔獣の姿焼きを用意させるよ』なんて言い出して、私を慌《あわ》てさせたりもした。

……ふふ、あのときは本当に焦ったたな。

過保護なうえ、尽くしたがりな陛下を思い出し、自然と笑みが零れる。

この城に連れてこられて以来、初めて笑った気がする。

……陛下、私のことを本当に大切にしてくれていたんだね。

陛下が向けてくる真っ直ぐな好意が恥ずかしくて、ちゃんと自覚できずにいた事実を、今になって改めて痛感《つうかん》する。

離宮にいた頃の幸せな日々を思い出すと、つい気持ちが滅入《めい》ってしまうから、そういうときは深呼吸をして、なんとか頭を切り替えた。

一応ローガンさんには過労死について説明し、「私が死んだら、誰も癒しアイテムを作れなくなるんですよ」と脅《おど》してみたものの、「仕事が人を殺すなんて聞いたことがないわ」と笑われてしまった。

この感じだとこちらの世界も社畜が多そうなのに、過労死した人は今までいなかったのだろうか。そもそも過労という事象が認識《にんしき》されていないようだから、それが原因で死んだとしても突然死扱《あつか》いされているのかもしれない。

もし本当にそんな状況なら、過労死のことをこの国の人々が認識してくれるよう、私にできることを探したい。

でもそれは、私がここを無事に出られたらという仮定の話だ――。

……本当に無事に出られるんだろうか。

不意にそんな考えがちらつき、心を不安で曇らせた。

……って、弱気はだめだよ、私。

陛下に会って、ちゃんと謝るんでしょう？

そのためにも足を踏ん張って、このピンチを切り抜けるんだ。

折れそうになる心を叱咤《しった》して、顔を上げる。

――大丈夫。陛下にもう一度会って、自分の想いを伝えたいという意思があるから、私はちゃんと戦える。

✦

それから二日間は、本当に社畜時代と変わらない生活を強いられた。

体力と胃痛が限界に近づいた三日目。

ようやく反撃《はんげき》のチャンスがやってきた。いつもとは違《ちが》い、朝食を片づけ終えるとルックんは部屋を出て行き、代わりにローガンさんが姿を現した。

「今日はルゥに王宮の偵察《ていさつ》を任せるから、妃殿下の話し相手はアタシが務めるわね」

「話し相手って、監視役の間違《まちが》いじゃないですか」

私の厭味《いやみ》になんて動じることなく、ローガンさんがケラケラと笑い声を上げる。

ローガンさんは私の癒しアイテムを認めてくれているみたいだけれど、私自身のことは完全に舐《な》めている。

それで別に構わない。私はその隙《すき》を突《つ》く機会をずっと待っていたのだから。

ローガンさんに気づかれないよう、さりげなく扉のほうを確認する。

ルゥくんがもう偵察に出かけたのかはわからない。

一応保険をかけて、しばらくは黙々《もくもく》と癒しアイテムを作ることにした。

そして一時間が経《た》った頃。

私は初日の夜に寝ないで作ったアロマミストをこっそり取り出した。

ローガンさんの魔力の強さは陛下のお墨《すみ》付《つ》きだ。

だからきっと効果があるはず……！

「ローガンさん。ちょっとこれ試《ため》してもらえますか？」

「あら。また新しく完成したのね。どれ？」

近づいてきたローガンさんに向かって、いきなりアロマミストを吹《ふ》きかける。

突然のことに驚き、ローガンさんが目を見開く。

お願い、効いて……！

祈《いの》るような気持ちで、ローガンさんの反応を窺《うかが》っていると——。

「妃殿下……こ、れ……」

彼の瞳《ひとみ》がとろんとなって、言葉が途切《とぎ》れる。

膝《ひざ》をついたローガンさんは、何度か眠気《ねむけ》を追いやるように頭を振っていたけれど、結局その場に倒れ込み、すやすやと寝息《ねいき》を立てはじめた。

「……やった。これで逃《に》げ出《だ》せる……！　蝶々ちゃん、行こう！」

作業テーブルに止まっていた蝶々ちゃんが、慌《あわ》てたようにパタパタと飛んでくる。

私はローガンさんの体をまさぐり鍵束《かぎたば》を奪うと、蝶々ちゃんを連れて閉じ込められていた部屋を抜け出した。

◆◆

出口がどこにあるのかわからない。

それでもここから逃げ出すことだけを考え、暗く陰気《いんき》な廊下《ろうか》を走《はし》り抜けていく。

靴音《くつおと》と呼吸音がやたらと響き、私を焦《あせ》らせた。

大丈夫《だいじょうぶ》、ローガンさんはきっと当分目を覚まさない。

そう思っても、背後ばかり気になった。

廊下の角を曲がると、上階に向かう狭い螺旋《らせん》階段しかなくて、「そんな……」という声が漏れ出た。だからといって、絶望してる暇《ひま》なんてない。

「蝶々ちゃん、戻ろう！」

ずいぶん前に通り過ぎた分かれ道まで引き返す。

城と呼ばれるだけあって、この建物はうんざりするほど広い。

何度も道を間違えながら、ようやく玄関《げんかん》ホールに降りられる大階段を見つけ出した頃には、私の息は完全に切れていた。

この先に、外へ続く扉がきっとある。

走りどおしでカラカラになった喉《のど》に深く息を送り込んで、私は階段を駆け下りていった。

踊《おど》り場《ば》で方向転換《てんかん》して顔を上げたとき、胸の中の希望は一瞬《いっしゅん》で潰《つい》えた。

ローガンさんが敵だとわかったあの日と同じように、雷鳴が鳴り響く。

埃《ほこり》をかぶった天窓から白い光が差し込み、玄関ホールを照らし出す。

そういえばローガンさんが見せた国境の幻《まぼろし》の中でも、雷光《らいこう》は恐ろしいものを容赦なく浮き彫《ぼ》りにした。

今もまた――。

白い光がピカッと駆け抜けた玄関ホール、そこには数え切れないほどの烏《からす》が止まっていた。

その中央に、外へ続く扉を塞《ふさ》ぐようにして美しい少年が立っている。

「ルゥくん……」

「違いますよ、妃殿下。ルゥは王宮の偵察に出かけています。僕はロキ。ローガン様にお仕えする十三番目の魔道具です」

ルゥくんにそっくりなその少年は、そう言うと口元だけで笑った。

◆

ロキと名乗った少年に起こされたローガンさんは、こめかみを押さえながら「気を抜くとまた眠《ねむ》ってしまいそうだわ。妃殿下の作るアイテムは本当にとんでもないわね」と言った。

私は元いた部屋に戻され、蝶々ちゃんは魔法のかかったガラス瓶に閉じ込められてしまった。

私にはその瓶を開けることができない。

「ロキ、アタシが眠っていたのってどれくらいの時間？」

「おそらく数分かと」

ローガンさんとロキくんが目配せを交わす。

え、何……。

不安をかき立てられ身構えた私の腕を、ローガンさんが強引に掴んでくる。

「痛っ……」

「来なさい、妃殿下。脱走を企てるような悪い子にはお仕置きが必要よ」

「……っ」

「地下牢のある城へ移動するわよ。希望を持たないよう、窓すらない牢屋に閉じ込めてあげるわ」

地下牢と聞き、愕然とする。

「……嫌！　は、離して……！」

必死に掴まれた腕を振りほどこうとしてみるけれど、ローガンさんはびくともしない。

力の差は歴然としていた。

「陛下は鳥籠を用意していたけれど、そのぐらいじゃ甘かったのね。逃がしたくなかったら、風切羽を奪うぐらいしなくちゃ」

暗くどんよりとした目で私を眺めながら、ローガンさんがいびつな笑みを浮かべる。

この人はきっと二度と隙など見せない。

自分が唯一のチャンスを無駄にしてしまったことを思い知った。

陛下やエミリアちゃん、料理長さんたちやメイジーの顔が脳裏を過《よぎ》る。

私が大好きな人たち。

もう彼らに会えないのだろうか。

陛下に謝りたかったのに、それも叶わないの……？

彼をどれだけ支えにしていたか、自分にとって彼がどれほど特別な存在だったか。

それがやっとわかったのに……。

こんなことになって気づくなんて、きっと遅すぎたんだ。

後悔のあまり、視界がじわりと滲む。

もしかしたら、私はこのまま永遠に陛下と会えないかもしれない。

ここに連れてこられてから、できるだけ考えないようにしていた恐怖《きょうふ》がじわじわと心を蝕んでいく。

そう想像した途端《とたん》、目の前が真っ暗になった。

「……っ」

息ができないぐらい胃が痛い。

エミリアちゃんのか弱い身体が、耐《た》えきれないストレスに対して悲鳴を上げている。

ついに立っていられなくなり、その場に頽《くずお》れる。

胃がちぎれそう。

ああ、もう、だめだ……。

「……助けて……陛下……」

痛みのあまり朦朧《もうろう》としながら、石の床に倒れ込む。

――その時、突然猛烈《もうれつ》な爆発音《ばくはつおん》が響き、建物が激しく揺れた。

「な……な、に……？」

震える声で呟《つぶや》き、おそるおそる顔を上げる。

信じられないことに、鉄格子のはまっていた窓が壁《かべ》ごと木《こ》っ端《ぱ》微塵《みじん》に破壊《はかい》され、そこから白煙《はくえん》が立ちのぼっている。

ジャリッと瓦礫《がれき》を踏《ふ》む音を聞き、呆然とそちらを見つめていると――。

煙《けむり》の中から姿を現したのは、私が見たこともないほど怒《いか》り狂《くる》った陛下と、その頭に必死にしがみついているエミリアちゃんの姿だった。

◆

陛下は何より先に、床で蹲《うずくま》っている私に目を向けた。

ただでさえ険しかった眼差《まなざ》しの刺々《とげとげ》しさが増す。

彼はすぐさま私の傍へ駆け寄ってこようとしたけれど、ローガンさんの存在を視界に入れ、堪《こら》えるように唇《くちびる》を噛《か》みしめた。

「エミリア、エミを頼《たの》む」

「わかってるわ！」

陛下の頭上から飛び立ったエミリアちゃんが、急降下で私の目の前に着地する。

「エミ、助けに来たわ！　もう大丈夫よ！」

「エミリアちゃん……」

二人が来てくれたことが信じられなくて、名前を呼ぶことしかできない。

陛下は私たちを守るように、ローガンさんと対峙《たいじ》した。

その直後、この騒《さわ》ぎを聞きつけたのだろう、二十羽《わ》近い鳥が室内に舞《ま》い込んできた。

鳥たちはローガンさんの指示を待って、彼の頭上を旋回《せんかい》する。

「陛下、あなたと戦う理由なんてアタシにはないけど」

「だったら大人しく連行されるか？」

「それは困るわ。まだアタシはこの国と陛下のためにやらなきゃいけないことが山ほどあるもの。今の陛下じゃ冷静に話を聞いてくれそうにないから、一旦《いったん》逃げさせてもらうわね」

「へえ。俺を倒して逃げおおせるって？」

陛下が冷ややかに目を細めて、ローガンさんを睨《にら》みつける。

ローガンさんは追《お》い詰《つ》められた獣《けもの》のような表情を浮かべ、頭上の鳥たちに向かって手を掲《かか》げた。

それが戦い開始の合図となった。

猛《もう》スピードで飛ぶ鳥たちが襲《おそ》いかかってくる。

それと同時に、次元が歪むような感覚を覚えた。

錯覚《さっかく》じゃない。

部屋がぐわんと歪み、たしかに広くなったのだ。

これはおそらくローガンさんの魔法。

私たちと陛下の間に距離ができると、鳥たちは一斉《いっせい》に方向転換した。

鳥たちがターゲットにしているのは私だ。

「……っ」

刀のように鋭《するど》い無数のくちばしが恐ろしくて、体が勝手に強張《こわば》る。

「大丈夫よ、エミ。陛下があの男との戦いに集中できるよう、エミを守る役は私に任されているから！」

エミリアちゃんは、背中の羽をパタパタと動かしながら不敵に笑った。

「魔道具ごときが精霊《せいれい》様に向かってくるなんて、百万年早いのよ！」

飛び立ったエミリアちゃんが、口をパカッと開ける。

その小さな口から飛び出したのは、強烈《きょうれつ》な風の塊《かたまり》だった。

烏たちはエミリアちゃんの魔法の威力《いりょく》の前に為《な》す術《すべ》もなく、一羽も残らず地面に叩き落とされた。

息絶えてはいないものの、戦う元気はもうなさそうだ。

間髪《かんはつ》入れず、エミリアちゃんが私たちを取り囲む透明《とうめい》なドームのようなものを出現させた。

以前陛下も使っていたから知っている。

これはバリアのような魔法だ。

「私たちはこれで安全よ。あとは陛下があいつをボッコボコにするのを待つだけね！」

床の上から飛び立てなくなった烏たちを見て、ローガンさんが眉を寄せる。

「……ちょっと、待って。嘘でしょ……。陛下、あの奇妙な生き物——精霊だっていうの？」

陛下は返事の代わりに肩を竦《すく》めてみせた。

「そんな……。まさか陛下が精霊まで使役《しえき》できるようになっていたなんて……」

「勘違いするな。俺が使役してるわけじゃない。あれは、エミの守護者のようなものだ」

「……冗談よしてちょうだい。力を持たない妃殿下が、精霊を使役できるわけないじゃない」

「エミはおまえの理解を優に超《こ》える存在なんだよ。さあ、くだらないおしゃべりの時間は終わりだ。かかってこい」

「陛下と全力でやり合えるなんて。久々すぎてわくわくするわ」

面白《おもしろ》がるように笑ったローガンさんが、詠唱《えいしょう》をはじめる。

その直後、彼の周りに、赤黒い炎《ほのお》が燃え上がる。

衝撃を受けながら見守っていると、炎はローガンさんの頭上で巨大《きょだい》な竜《りゅう》へと変化した。

「うわっ。まさか火竜《かりゅう》を召喚《しょうかん》するなんて！　やっぱりあいつ軍事司令官を任されているだけあるわね……」

エミリアちゃんが忌々《いまいま》しそうに言う。

魔法について詳《くわ》しくない私でも、ローガンさんがとんでもないものを呼び出したことぐらい理解できた。

炎に包まれた竜が、鱗《うろこ》のびっしりついた尻尾《しっぽ》を陛下に向かって振り回す。

陛下はタッと飛びのいて、素早くそれをかわした。

今まで陛下が立っていたところを見ると、火竜の尻尾に打ちつけられ、大きく陥没《かんぼつ》している。

あんなものが当たったらひとたまりもない。

私は祈るように両手を握りしめた。

「さあ、陛下。あなたはどれほどすごい召喚獣《しょうかんじゅう》を見せてくれるの？」

ローガンさんの問いかけには答えず、陛下は静かに詠唱をはじめた。

周囲の空気がぴんと張《は》り詰める。

ドームの中にいる私の髪《かみ》さえ、何かを感じ取るようになびいた。

その直後、陛下の伸《の》ばした右手から、薄桃色《うすももいろ》の無数の蝶々がふわっと舞い上がった。

それはまるで桜吹雪《さくらふぶき》のようで、ハッとするほど美しい光景だった。

「……！　どういうつもりよ、陛下。なんでそんな蝶なんか……」

「エミが蝶を好きだと言っていたんだ。どんなときでも、エミを喜ばせる機会があるのなら、利用しないとな」

呆然としているローガンさんと違い、余裕《よゆう》のある陛下は、こちらに視線を向けると不敵に微笑んだ。

「……いくら陛下でも、火竜を蝶で倒すなんて無茶よ。すぐ後悔することになるわ！」

そう叫《さけ》んだローガンさんが合図をすると、火竜は重そうな翼《つばさ》を広げて飛び上がった。

地響《じひび》きがするほどの雄叫《おたけ》びが上がる。

黒々とした炎がその口から吐《は》き出された。

炎に狙われた蝶々たちは、逃げ場所を求めて散り散りに飛び回っている。

ローガンさんの言うとおり、陛下が不利すぎる。

「どうしよう、エミリアちゃん！　このままじゃ陛下が負けちゃう！」

「まさか。あいつがエミの前でそんなみっともない姿を晒《さら》すわけないわ」

「でも……」

「あいつの実力は、精霊であるこの私が認めているのよ。大丈夫。あいつは絶対に負けない」

エミリアちゃんが力強く頷《うなず》いてくれる。

「……わかった。私も陛下を信じる」

はじめのうち、蝶々たちはただ逃げ惑《まど》っているように見えた。

その飛び方に規則性があると気づいたとき、不意に静電気がぴりつくような気配が場に満ちた。

髪がふわっと揺れる。

何これ……？

ハッとしたようにローガンさんが目を見開く。

その瞬間、蝶々たちの羽から桜色の粉がキラキラと舞った。

きらめく桜色を浴びた火竜は、身体中がしびれてしまっているのか、微かに震えるだけで指先一本動かせなくなっている。

蝶々たちが動けなくなった火竜の身体に止まる。

するとその場所が灰色に変色し、石化した。

蝶々たちはどこまでも優雅《ゆうが》に、容赦なく、火竜を覆《おお》い尽くしていった。

暴力的な存在が圧倒的《あっとうてき》な美しさに飲み込まれる。

私だけでなく、エミリアちゃんもローガンさんも、ただその美を眺《なが》めていることしかできなかった。

やがて火竜の身体は完全に石化した。

静かで、でもたしかな勝利の瞬間が訪れる。

肩で息をしていたローガンさんは、よろめいて地面に倒れ込んだ。

何が起きたのかわからずエミリアちゃんを振り返る。

「召喚獣とその主は深く繫《つな》がっているから、火竜の受けたダメージをあの男も負ったのよ」

「それじゃあ……」

「ええ、あの男はもう立つこともできないはずよ」

エミリアちゃんの言葉を証明するように、ローガンさんは両手をあげて、降参だと告げた。

「アタシこれでも我が軍一強いって言われてるんだけど。蝶なんかに倒されちゃうなんて。陛下ってほんとに化け物ね……」

「ローガン、申し開きがあるなら聞いてやる」

「……あは。どんな理屈《りくつ》をこねても、許してくれる気なんてないでしょ」

平静を装《よそお》っているけれど、ローガンさんは明らかに焦っている。

「これだけは言わせて。すべては陛下とこの国のためにしたことよ」

「『俺のため』という名の自己満足だろ」

「ちが……！」

陛下は冷ややかにローガンさんを見下ろした。

「その事実にすら気づいていなかったのか？　おめでたいやつだな。誰かのためなんてのは、結局、そうしたい自分のためでしかないんだよ」

「そんなことない……！」

認めたくないというように力なくローガンさんが首を振る。

「おまえのことは俺にも責任がある。もう二度と俺のために生きるなんて言えないようにしてやる」

「どういうこと……!?　陛下のために生きる道しかアタシにはないのよ……!?」

取り乱すローガンさんを相手にすることもなく、陛下が外に待機していたらしい兵士さんたちを呼び寄せる。

まともに動けないローガンさんは、ほとんど抗《あらが》うこともできないまま、連行されていく。

ところが彼は、壁の向こうに消えるそのとき、渾身《こんしん》の力を振り絞って振り返った。

「妃殿下！　アタシはあなたの力を決して諦めないわよ……！　その力を正しく使えるのは、アタシだけなんだから――」

「黙れ、ローガン！」

陛下が遮《さえぎ》るのと同時に、両脇の兵士さんがローガンさんの腕を乱暴な態度で引っ張った。

それからすぐ、ローガンさんの姿は瓦礫の向こうに消えた。

……これで、終わったんだ。

陛下が指を鳴らすと、魔法で呼び出されていた蝶々たちはスッと姿を消した。

それから、魔道具の蝶々ちゃんのことも、ローガンさんがかけていた魔法を解いて救い出してくれた。

エミリアちゃんは、ローガンさんの姿が完全に見えなくなるのを確認してから、透明なドームを解除した。

よかった……。

陛下が傷つくこともなく、なんとか危機を脱《だっ》することができたんだ。

そう思ったら膝《ひざ》から力が抜けてしまい、私はその場にぺたんと座り込んだ。

「エミ……！」

駆け寄ってきた陛下が、勢いのまま私を抱きしめようとする。

ところが彼は私に触れる直前、ハッと動きを止め、力なく腕を下ろした。

何かを我慢《がまん》しているかのように、拳《こぶし》を握りしめているのが目に留まる。

「ごめん。また勝手に触れようとして……」

「あ……」

あの日、私が『触れられたくない』と言ってしまったから、陛下はそのことを気にしているのだ。

「違うの、私……わっ⁉」

立ち上がろうとしたけれど、まだ足に力が入らなくてよろめいてしまう。

陛下はとっさに腕を回し、私のことを支えてくれた。

「大丈夫か？」

「う、うん。ありがと」

近づいた陛下の気配。抱きしめられるような体勢になったことで、伝わってくる温《ぬく》もり。

陛下のまとう微かなラベンダーの香りをかいだ瞬間、涙が出そうなくらいホッとした。

この数日間の不安が消えていくのを感じる。

……もう一度、会えたんだ。

再会できたことが本当にうれしい。

私は陛下の上着をきゅっと握りしめ、彼の胸に頬を擦《す》り寄せた。

完全に無意識の行動だった。

「……っ！　……⁉　……エミ？」

「え？　……あっ⁉」

わあああ⁉　私ったら、何してるの……⁉

「ご、ごめんなさい……！　捕まってる間ずっと陛下に会いたいってことばかり考えてたから、思わず抱きついちゃった……」

「……‼」

陛下は今まで見たこともないくらい赤面して固まった。

さっきまで冷静にローガンさんを追い詰めていた人と同一人物だとは到底思えない。

そんな反応をされたせいで、私の恥ずかしさもますます増した。

——って、何よりもまず私は陛下に謝らなきゃいけないんじゃない！

「陛下、離れ離れになる前のこと、ごめんなさい。私が間違っていたし、陛下にひどいことしたってすごく後悔した……」

「え……」
・陛下はまだぽーっとしたまま瞬きを繰り返した。
「あ、ああ……違う、謝るべきなのは俺のほうだよ。俺がもっとしっかりしていれば、エミを危険な目に遭《あ》わせることもなかったはずなのに……。遅くなってすまない……。不安

だったよな……」

こんなに心配をかけてしまったのに、私を怒ることもなく、少し声を震わせながら陛下が言う。

「陛下、私は大丈夫だから、そんな顔しないで」

「……エミがいなくなったと聞いて、生きた心地がしなかった」

「うん……。心配かけてごめんね」

「なあ、エミ。さっきのは本当？　ずっと俺に会いたかったって」

「……！」

勢いあまって言ってしまった言葉を繰り返され、顔がカアッと熱くなる。

「あ、えっと、あれは、その……」

もちろん本当だけれど、当人に伝えるつもりはなかったからどう答えたらいいのか困ってしまう。

迷いながら、私が視線を彷徨《さまよ》わせたとき——。

「ちょっとちょっと！　私もいるんだけど完全に忘れてるでしょ!?」

不満げな声を聞き、ハッと我に返ると、たまりかねたように、エミリアちゃんが横から飛び込んできた。

「わ!?」

ぶつかってきた柔《やわ》らかい塊を、慌てて抱き留《と》める。

「エーミーリーアー……。あと数秒待っていられなかったのかよ……」

陛下が地を這《は》うような声で恨《うら》み言《ごと》をぶつけても、私の腕の中のエミリアちゃんはどこ吹く風、「むしろこれでも我慢してやったほうだわ」と言って、べーッと舌を出した。

私は苦笑いしながら、改めて二人に向かって頭を下げた。

「二人とも心配をかけて本当にごめんなさい」

こうやって陛下とエミリアちゃんに謝るのは何度目だろう。

二人より私のほうがずっと年上なのに、一番頼《たよ》りないうえ、迷惑《めいわく》をかけてばかりいる。情けない。

私がそう謝ると、陛下とエミリアちゃんは声を合わせて否定した。

「そのことだってエミが謝ることなんて何もない。悪いのはローガンだ。それに、エミのことを守りきれなかった俺も」

「それなら私だって……！」

「いや、俺のほうだから！」

「なによ！　責任を譲《ゆず》る気はないわよ！」

普段どおりの陛下とエミリアちゃんのやりとりを聞いていたら、なんだか心底ホッとして、少し笑ってしまった。

「二人とも、助けに来てくれて本当にありがとう。すごくうれしかった……」

言い合っていた陛下とエミリアちゃんはハッとしたように口を噤《つぐ》むと、照れくさそうな表情になった。

「ねえ、エミ。頼りにならなかったなんてことないのよ」

「え？」

「エミリアの言うとおりだ。エミが城内からローガンの魔法を解除してくれたおかげで、俺たちはエミの居場所を見つけ出すことができたんだから」

「どういうこと？」

「ローガンはこの周囲に魔法をかけて、エミや自分の気配を外から察知できないようにしていたんだ」

「うん……。それは連れてこられたときに、ローガンさんからも言われたよ。だけど、その魔法を私が解除したっていうのは？」

「今回ローガンが仕掛けたような強力な魔法の効果は、通常、術をかけた当人の意識がないと維持《いじ》できないんだ。その者が死ねば魔法も消滅する。死だけでなく、眠ってしまった場合も同様だ。意識がなくなるという意味では死と同じ状態になるわけだからな。だからその魔法を維持したいときは、眠る前に必ず魔力を送り込んでおくものなんだが――」

陛下はそこで言葉を区切ると、部屋の隅に転がっている香水瓶に目を向け、にやりと笑った。

「そんな準備をする間もなく、ローガンはエミの手で眠らされてしまったんだろう？」

陛下の説明を聞いて、ハッとなる。

言われてみれば、ローガンさんは目を覚ました後、すぐさま私を別の場所へ移動させようとしていた。

ロキくんとローガンさんが意味深に交わした目配せ、あれもきっと、私に気づかれないよう自分たちの危機を伝え合っていたのだろう。

脱走は失敗に終わってしまったけれど、まさかローガンさんの魔法を数分でも解除できていたなんて驚きだ。

「でも、どうしてこんな早く見つけ出してくれたの？」

私が魔法を解除したのは、陛下たちが駆けつけてきてくれる数分前のことだ。

首を傾げて問いかけると、陛下は複雑そうな表情を浮かべた。

「エミが攫《さら》われた日から、この領地の近くにはいたんだ」

「えっ」

陛下がエミリアちゃんにチラッと視線を向ける。

エミリアちゃんはこくりと頷いて、説明を引き継いだ。

「エミがいなくなったあと、すぐに精霊たちから情報を集めたの。烏の集団がエミを連れて飛び去ったところは目撃されていたんだけど、あるところから姿が消えてしまって、行方を追えなくなったのよ」

　そっか……。

　陛下もエミリアちゃんも、ずっと近くで探してくれていたんだ。

　この城に閉じ込められている間、彼らを遠くに感じてすごく寂しかったから、そんなことはなかったとわかっただけでもうれしかった。

「陛下たちはローガンさんが犯人だって知っていたの？」

「もちろん。烏を使役しているのはローガンだし、あいつはエミがいなくなったのと同時に西の砦から行方《ゆくえ》をくらましたから」

「それにエミが栄養ドリンクを作ったと噂を流した犯人の情報を私が集めて回ったでしょ。それでわかった犯人の外見の特徴《とくちょう》が、あいつの魔道具と一致したのよ」

　陛下の言葉にエミリアちゃんが補足を入れる。

「じゃあローガンさん自身も、陛下たちにバレているってわかってたの？　……私には犯人は別にいる線で捜査が行われているって言ってたのに」

「そうやってエミの希望を奪うことで、言いなりにしようと考えたんだろうな。あいつにアイテム作りを強制されていたんだろ？　可哀想に……」

「！　どうして知ってるの？」

「魔道具を使って、毎日エミが作り出した癒しアイテムを俺の執務室へ送ってきたんだ」

「なるほど……」

陛下のために作らせていたという点に関しては、一切偽りがなかったというわけだ。

話の流れから、あの数日間の社畜生活を思い出した途端、胃痛がぶり返してしまった。

せっかく二人の顔を見て、痛みが治まっていたのに。

私が胃を押さえただけで、陛下とエミリアちゃんはサッと青ざめた。

「エミ……!?」

「あ、大丈夫……。これはストレス性の胃痛だから、そんな大ごとでは……」

「もう陛下！　こんなところで話し込んでる場合じゃなかったわ！　エミを連れて帰るわよ！」

「わかってる！　――エミ、支えていいか？」

怯《おび》えているような目で、陛下に問いかけられて戸惑う。

「あ、うん。ありがと……わぁ!?」

支えるというより、むしろ抱き上げられてしまった。

「あの自分で歩け――」

「しっかり摑まっていて」

「そうよ、エミ！　陛下に運ばせなさい!!」

エミリアちゃんにそう言われてしまったうえ、陛下は私の身体を宝物のように抱《かか》え込んでいる。

少しだけ甘えていいかな……。

きつく抱きしめてくる陛下の見た目よりたくましい腕に身を委《ゆだ》ねると、安心できる場所へ戻ってこられたのだと実感できた。

陛下に抱きしめられたまま外へ連れ出されると、この数日間降り続いていた雨はやみ、雲の切れ間から陽の光が降り注いでいた。

あの恐ろしい雷雨《らいう》がようやく晴れたのだ——。

第七章

離宮《りきゅう》に向かう道すがら、私はメイジーや料理長さんたちのことを尋《たず》ねた。

陛下によると、エミリアちゃんが噂《うわさ》を流した犯人がルゥくんだと突《つ》き止《と》めた直後、彼《かれ》らはすぐ釈放《しゃくほう》されたらしい。

離宮に戻《もど》るとすぐ、陛下は王宮お抱《かか》えのお医者様を何人も呼び寄せた。

ぞろぞろ現れたお医者様の数は、ざっと二十人。

もちろん、そんな大ごとにしなくてもいいと訴《うった》えてみたけれど、過保護な陛下が聞いてくれるわけもなかった。

しかも困ったことに、お医者様方は皆口《みなくち》をそろえて、私がひどく衰弱《すいじゃく》しているとの診《しん》断《だん》を下したのだ。どうやら、私はここ数日の監禁《かんきん》生活と、それ以前に無意識に行っていた社畜《しゃちく》生活で、かなりストレスを溜め込んでいたらしい。

お医者様たちが絶対安静という指示を出して去った後も、陛下は落ち着かない獣のように部屋の中を歩き回り続けた。

「本当に安静にしているだけでいいのか？　そうだ、エミ！　王都の南に温泉の湧《わ》いている保養地がある。そこに行こうか？　あ、いや、でも体が弱っている時に馬車で旅をするのはよくないか……。ああ、くそ、何かできることはないのか……！」

「ちょ、ちょっと陛下、落ち着こう!?　私、別に大病人ってわけじゃないからね？」

「医者たちが『ひどく衰弱している』と診断を下したんだろ……!?」

「ここのところ少し無理をしていたから、体が休みなさいってサインをくれたんだと思う。もう、のんびりできるいつもの生活に戻ったし、すぐ元気になるよ」

ベッドの上のクッションにもたれかかったままそう声をかける。すると今度は、ベッドの端《はし》でおすわりしていたエミリアちゃんが元気のないため息を吐《つ》いた。

「エミ、ごめんなさい……。私がそんな不良品の体をあげちゃったせいで……」

「えっ？」

「私が人間だったときも、そんな感じだったの。父親と喧嘩しただけで、胃が痛くなって何も食べられなくなったりなんてしょっちゅうだったわ。当時は無理をしているせいで、体が不調になっているなんて気づいていなかったけど、多分そういうことなのよね？」

なるほど。その話を聞く限り、どうやらエミリアちゃんの体はもともと、ストレスに弱かったようだ。となると私もこれからは、できるだけストレスを感じないような生き方を心掛《こころが》けないといけない。

「もっと丈夫《じょうぶ》な体をあげられたらよかったのに……」

エミリアちゃんがしょんぼりと呟《つぶや》く。大きな耳はぺたんと垂れてしまっている。

「エミリアちゃん、そんなに落ち込まないで……！　それに心が感じた負担が体に出やすいのって悪いことばかりじゃないと思うの」

過労死しておいてこんなことを言っても信ぴょう性がないかもしれないけれど、佐伯《さえき》え
み時代の私の体は意外にもかなりタフで、ストレスによって寝込《ねこ》むようなことはなかった。

でも、今思えばそれがよくなかったのだ。そのせいで取り返しのつかないところまで自分の体を酷使《こくし》して、手遅《ておく》れになるまで気づかなかったのだから。

しかも性懲《しょうこ》りもなく、今回もまた同じように無理をしてしまっていたし……。

これからは、少しでも調子が悪くなったら、自分の生活を見直すようにしよう。

そのためのサインを体からもらえるのはありがたいと伝えると、エミリアちゃんはホッとしたらしく尻尾《しっぽ》を揺《ゆ》らした。

◆

それから数日、ベッドの中で療養《りょうよう》している間も、陛下は毎日朝晩様子を見に来てくれた。ただ、私の体調を気遣《きづか》うあまり、顔を見た途端「疲《つか》れさせるようなことはしない……。我慢《がまん》……我慢……」とブツブツ言い出し、結局すぐ帰ってしまうのだ。

別にお見舞いはストレスじゃないんだけどね……。

私の世話係には、メイジーが戻ってきてくれたし、病人向けに気遣われた食事を見れば、料理長さんが厨房《ちゅうぼう》に帰っているのだと気づけてホッとした。

「妃殿下《ひでんか》、またお傍《そば》にいられるようになって、オラ、オラ……っ」

「わああ、メイジー、泣かないで……！　ごめんね。色々辛《つら》い思いさせちゃったよね。幽《ゆう》閉塔《へいとう》の中でひどいことされなかった……？」

「へ？　ひどいことですか？　それに幽閉塔って？」

きょとんとした顔でメイジーが首を傾《かし》げる。

「え……、幽閉塔に入れられてたんじゃないの？」

「いえ……！　離宮から王宮に連れていかれて、部屋から出ないようにとは言われてましたが、とてもきれいなゲストルームを使《つか》わせていただいていました。もうほんっとにびっくりするほど広いお部屋で……！　オラ、恐縮《きょうしゅく》しちゃったんですが、陛下が手配してくださったようなのです」

「陛下が……!?」

私が聞いた話とまるで違《ちが》う。

「はい。見張りの兵士さんにも、『妃《きさき》が気に入りの侍女《じじょ》だから丁重《ていちょう》に扱《あつか》え』とお命じになっていらっしゃいました。陛下ってお優《やさ》しい方ですね……！　厨房の料理人さんたちも、同じような待遇《たいぐう》を受けたとおっしゃっていました！」

陛下ああああああ。

なんで意味のわからない嘘《うそ》をついたの……!?

メイジーたちがひどい目に遭《あ》っていなかったことは本当にうれしいけれど、真実を話してくれれば、あんなに気に病《や》まずに済んだのに……！

この件については、陛下と話す必要がありそうだ。

◆

しっかり休息を取ったおかげで、五日後には私もすっかり元気を取り戻した。

胃の痛みも完全に消え、今日なんて朝起きたらおなかがクークー鳴っていたぐらいだ。

朝食のあと訪ねてきてくれた陛下も、私の顔色がよくなったことに気づいたらしい。

彼は張りつめていた空気を解き、ベッドの脇《わき》に置かれている椅子《いす》に腰《こし》を下ろした。

エミリアちゃんは、「私は毎日エミとずうううっと一緒《いっしょ》にいたから、今日ぐらい気を遣ってあげるわ」と言って、朝の散歩に出かけていった。

「エミリアちゃんと陛下って、仲良くなれたんだね！　私のことを探すのに、協力してくれたみたいだし」

「仲良くって……あれは、なんというか共同戦線を張ったようなものだ。それよりエミ、疲れたらすぐに言ってくれ」

「ふふ、もう大丈夫《だいじょうぶ》だって何度も言ってるのに」

「エミはすぐ無理をするから」

陛下がそれを言う⁉　というツッコミは、飲み込んでおいた。

「あ！　そうだ！　陛下に聞きたいことがあるの」

「何？　エミの質問ならなんだって答えるよ」

「メイジーや料理長さんたちのこと。王宮で手厚く扱ってもらえたって聞いたよ。私としてはすごくありがたいけど、なんで幽閉塔に閉じ込めて、場合によっては拷問《ごうもん》するなんて言ったの？」

「それは……」

陛下が気まずそうに瞼《まぶた》を伏せる。

「ちゃんと答えてくれるんだよね？」

「うっ……。わかってる。理由は二つある。一つは、あのとき噂の出所を割り出すのに手こずっていたから、エミリアの力が借りたかったんだ。でも、俺が面と向かって頼んだところで、エミリアが動いてくれる可能性は低い。だから、わざと挑発した」

ここにエミリアちゃんがいたら、大騒ぎになりそうな理由だ。

「もう一つは？」

「もう一つは……エミがやたらローガンを庇《かば》うから…………………悔《くや》しくて……」

「え？」

どんどん声が小さくなっていき、ほとんど聞き取れなかったけれど、今、悔しくてって言った……？

「それに俺がエミと全然会えないってのに、ローガンも侍女も料理人もエミリアも、エミとめちゃくちゃ楽しそうに過ごしていただろ。……ずっとずるいって思っていたんだよ……！　その気持ちがあのとき爆発したんだ……ごめん」

「え、陛下それって……やきもちをやいていたってこと？」

「やきもちって言うな……。子供っぽいだろ……」

「……！」

なんだか陛下がかわいい。

「エミは嫉妬《しっと》するような男は……嫌か？」

「うーん。程度にもよると思うけど、今の陛下は、ふふ。かわいいなって思ったよ」

「……!!」

でも、まさかそこまでやきもちをやいていたなんて驚きだ。

ああ、だけど、そういえば陛下は前にも仲間外れにされることを嫌がっていた。

「ごめんね、陛下。気づけなくて。今度、陛下の時間があるとき、みんなで一緒に何かを

「作ろうね！」

「みんなで一緒……？　なんか勘違いされているような……」

　陛下が複雑そうな顔で、眉を寄せる。

「まあ、エミに嫌がられてないとわかっただけでもよかった……」

　そんなことで嫌ったりするわけがないのに、陛下は本気で心配していたのか、心底ホッとしたようにそう呟いた。

「なあ、エミ。話はちょっと変わるけど、今も話題に出たローガンについて、相談したいことがあるんだ」

「相談？」

「ローガンの処遇《しょぐう》に迷ってる。ジスランをはじめとする重臣たちの意見も割れているんだ。だからエミの意見を聞かせてくれないか？」

　私はそのことに少なからず驚《おどろ》かされた。

「私が口出ししていいの？」

「むしろ、これからは国の問題について色々と相談させてほしい。あ！　もちろんエミが負担じゃない範囲でな！」

　陛下が慌てて付け足すから、少し笑ってしまった。

　以前はそういうことを私に知られたくないみたいだったのに、陛下の中で何らかの変化があったようだ。陛下にだけすべての責任を押しつけてしまっているようで申し訳なく感じていたから、頼ってもらえるのは素直にうれしい。

「政治に関しては素人だから、一般人の一意見になっちゃうと思うけど……、でも、できる限り協力するから、なんでも話してね」

　そう言って微笑みかけると、陛下はホッとしたように頷いた。

「それで、ローガンさんのことだよね？」

「ああ。王妃《おうひ》を拐《かどわ》かすようなことをしたのだから、極刑《きょっけい》に処すべきだという意見も出ている。だが今までやつが国にどれだけ貢献《こうけん》してきたかということを加味し、減刑《げんけい》すべきだという意見もある。ローガンはあんなやつでも我が国の軍事力の要《かなめ》となっている存在だから、あいつを死刑《しけい》にすれば、この国はかなりの打撃《だげき》を受ける。皆、それを気にしているんだ」

　死刑という言葉に私はひどく動揺《どうよう》してしまった。

　元の世界でも死刑制度はあったけれど、私の日常とはとても遠い存在で、こんなふうに自分の知っている人が死刑になるかもしれないなどという現実を、突きつけられることなどなかった。

　ここは別の世界なのだという事実を、改めて実感する。

　私の怯《おび》えが陛下にも伝わったのか、彼は「やっぱりこんな話やめたほうがいいか？」と心配そうに尋ねてきた。

その質問に対して、首を横に振《ふ》る。

私が目を逸《そ》らしたって、この問題が消えるわけではない。恐《おそ》ろしいことは私の知らないところでやってもらって、私はそれを知らずにのほほんと生きていたい——なんて無責任な考えは持てなかった。

「陛下はどう思ってるの？」

「……個人としての俺は、エミに危害を加えたあいつを心底憎《にく》んでいる。今すぐこの手で裁きを下してやりたいと思ってるぐらいだ。だが、国王の立場から意見するなら——、正直極刑でも減刑でも不都合が生じるだろうと予想している。特に減刑を求めている者たちは、ローガンを一線から退けたくないと望んでいるからな。しかしそんなことをすれば、王妃に害をなした人物を罰《ばっ》せられないほど、この国の自衛力が弱まっていると証明しているようなものだ」

今この国の抱えている問題が、人間同士の戦争であったなら、まだよかったと陛下は言った。

「それならば、どれだけ優秀《ゆうしゅう》な司令官であっても、ローガン一人の力にここまで依存《いぞん》することはなかった」

「魔獣《まじゅう》が相手だと違うんだ？」

「ああ。今回の国境防衛戦も兵士たちはローガンの補佐をしたに過ぎない。魔獣を倒《たお》したのはローガンだ」

それではローガンさんの力に頼《たよ》らざるを得ないのも頷《うなず》ける。ならば、私に対する遠慮は無用だと思う。歴史を振り返《かえ》っても、王妃のために国王が政治を行うと、だいたいろくなことにならない。エミリアちゃんの名前を『傾国《けいこく》の姫《ひめ》』として歴史に残すなんて絶対嫌《いや》だ。

でも陛下はきっとそんなこと百も承知しているだろう。

自分の感情を優先させず、迷っているのが何よりもの証拠《しょうこ》だ。

彼は、国王陛下としての責任をしっかり理解している。

「どちらにしても、軍事司令官の地位に戻すことはできないな。国や国王のために、兵士はどんな犠牲《ぎせい》も払《はら》うべきだなんて考えの者には、二度と指揮官の地位など与えられない」

「あ、待って！　それはでも、直せるかも」

「直す？」

「うん、あのローガンさんの考え方って、社畜《しゃちく》特有のものだったから。彼は今、夢中で働きすぎて心を病んでる状態にあると思うの。でもそれって、仕事から一度身を引いて、のんびり暮らせば、直るものなんだ。私もそうだったからね」

「……一度身を引かせる。なるほど。島流しか。悪くないな」

まさかの大河ドラマみたいな単語が飛び出してきた。

「し、島流し……？」

「ああ。我が国の領海に、小さな無人島がある。もう長いこと使われていなかったが、かつては政治犯の流刑地《るけいち》だったんだ。ローガンから仕事を取り上げ、あの自然豊かな島で、心が浄化《じょうか》されるまで放置するというのはどうだろう？　仕事狂《ぐる》いのあいつには、ある意味最高の罰《ばつ》だ」

そう言って陛下は悪そうに笑った。

なるほど、無人島でスローライフか。小説なんかの異世界もののジャンルで、そういうのは鉄板だったし、仕事に疲れた男性が好んで読んでいるというデータを見たことがある。

万が一魔獣が現れたときには、島から連れ戻すことができると陛下は言った。

何よりも、死刑という恐ろしい刑罰を、彼が自分の幼《おさな》なじみであり従兄《いとこ》でもある人に下さなくていいのは、私にとっても救いだった。

「うん、私もその案に賛成！」

「ありがとう。これでようやく答えが出せた」

陛下はそう言うと、ほんの少しだけ口元を綻《ほころ》ばせた。

ひとつ肩の荷が下りたということもあるだろう。だけど、多分、ローガンさんの命を救えてホッとしたという気持ちもあるんじゃないかなと思った。

国王という立場から、その感情をはっきり口にしたりすることはなかったけれど。

どんなときでも一個人の思いだけでは行動できないなんて……。

国王陛下という立場がどれほど大変なのか、改めて思い知らされる。

「陛下って、いつもこんな大変な問題と向き合ってるんだね」

陛下はこの過酷《かこく》な世界で、ものすごい責任と重圧を背負いながら生きているのだ。

そういうところ、本当にすごいと思う。一国を背負《しょ》って立《た》つなんて私には想像すらつかない。陛下の年齢《ねんれい》なんて関係なく、人として尊敬できた。

「前に子供みたいだって言っちゃったけど、そんなことないよね。私、あなたのこと尊敬してる」

陛下が驚いたように目を見開く。それから照れくさそうな笑顔《えがお》を見せてくれた。

「エミにそう言われるとくすぐったい気持ちになる」

陛下はベッドの縁《ふち》に置いていた私の手を取ろうとして、ハッと固まった。

「悪い、また勝手に触《さわ》ろうとしてた」

「え？」

「今まで自分のものみたいに触《ふ》れてごめん。これからは毎回必ずエミに確認《かくにん》する」

「あ！」

そうだ。そのことをまだ私はちゃんと否定していなかった。

「あ、あのね、陛下、確認はいらないっていうか、あの時言ったことは、気にしないでっていうか……えっと、その」

ちょっと待って。触れないでと言ってしまったことを撤回《てっかい》しようと思ったのだけれど、触っていいよってのもどうなんだ……？

何様だって感じだし、そもそも私は……陛下に触って欲《ほ》しいのだろうか。

いやいや、陛下は推《お》しだからね……⁉

触るとかじゃなく、眺《なが》める対象というか、なんというか……。

「エミ、今のはつまり、許可を取らずにエミに触れてもいいってこと？」

「へ⁉　あ、はい……！」

混乱しながら、ぶんぶんと首を縦に振る。

だって毎回許可を取られるほうが恥《は》ずかしいしね⁉

「やばい、うれしい……」

めちゃくちゃ幸せそうに笑った陛下が、私の頬《ほお》にそっと触れてくる。

なんでそんな顔をするの……。こんなのキュンとしないほうがおかしい。

陛下の笑顔に思わず見惚《みほ》れていると、彼の影《かげ》がゆっくりと私の上に降りてきて――。

「……！」

あっと思ったときには、柔《やわ》らかい温《ぬく》もりが、私の唇《くちびる》にそっと触れていた。

「……っっっっ⁉」

自分の唇を両手で押《お》さえて、ぱっと身を引く。

「へ、陛下……⁉」

「触れるのに許可いらないって言われたから」

「……‼」

そこにキスまでは含《ふく》めていなかったんだけどな⁉

間違いなく確信犯であろう彼は、悪そうな顔で目を細めると、「これからは不意打ちで唇を奪《うば》われないように気をつけないといけないな？」と言った。

「――っと、忘れるところだった。エミ、バルコニーに出ることはできるか？　ちょっと見せたいものがあるんだ」

相変わらず陛下が過保護なので、私はふふっと笑ってしまった。

「もう治ったんだから、そんなに心配しないで。でも見せたいものってなあに？」

「それは秘密。エミ、手を」

陛下が差し出してきた手にドキドキしながら手を重ねると、そのままバルコニーまでエスコートされた。こういうことに慣れていない私の動きは悲しいぐらいぎこちないのに、ぴったりと寄り添った陛下はそれを見てもうれしそうな表情を崩さない。

本当に幸せそうに私を見つめてくるから、私のほうはそれが恥ずかしすぎて全然隣を見られなかった。だって、まるで全身で好きだよと言われているみたいなのだ……。

「エミ、顔を上げて。バルコニーの下を見てくれ」

「え……？」

陛下に優しく促され、顔を上げる。私の視界に入ってきたのは、眼下に広がる林と、その手前にある庭園だ。

噴水のあるその庭園を見た瞬間、私はハッと息を呑んだ。

決して狭くはない庭園を埋め尽くすほどの兵士さんたちが、きっちりと列を組んで並んでいたのだ。恐らくその数は数百人にのぼる。

上から見下ろしているせいか、兵士さんたちの間に動揺が走ったのがよくわかった。だけど、私はそれ以上に驚いていた。彼らはいったい何をしているのだろう。答えを求めて陛下を振り返ると、彼はわずかに眉を下げた。

「エミがあの奇跡的な栄養ドリンクの作り手だという噂が、不特定多数に広まってしまった以上、記憶《きおく》を消すという方法で対処することはできないと言っただろう？　しかも、ローガンが起こした事件によって、いよいよ噂の信ぴょう性が増してしまった」

そうだ。ローガンさんの身の振り方や、メイジーたちのこと、自分の体調不良などもあり失念していたけれど、私にはそちらの問題もあったのだ。

「……どうしよう。噂というより、もうほとんど事実として話が広まっちゃったってことだよね……」

万が一栄養ドリンクを調べられたら——、そこに魔法が宿っていないとわかってしまったら——、私が異世界人だと知られてしまったら——。

最悪、私は命を狙われるようになる——。

悪い想像がいっきに脳裏《のうり》を駆け巡り、血の気が引いていく。

そんな私に気づくと、陛下は慌てたように両手で頬を包み込んできた。

「大丈夫だから、そんな顔をするな。もう、エミを宝箱の奥に隠しておくという手段はとれなくなってしまったが、ちゃんと別の方法で守ってみせるから」

特別な栄養ドリンクを作ったのが私だとわかったからといって、すぐ私が異世界からの転生者だとバレることはないと陛下は言った。

「エミが作った癒しアイテムについては、最重要機密《きみつ》として徹底的に管理する。それ以外にも、エミが異世界人だという事実が決して明るみに出ないよう、今まで以上に手を尽くすと約束する」

「陛下……」

陛下の言葉なら信じられる。

ひとまずホッとして肩の力を抜いたけれど、疑問はまだ残っている。

「でも、あの兵士さんたちはなんでここに……？」

「どうしてもエミに礼を言いたいらしい。噂が広まった後に、三百人全員の署名を入れた嘆願書《たんがんしょ》を出してきたんだ」

「……！」

「あいつらの想いを聞いてやってくれ」

まだ驚いたまま、再び庭園に目を向けると、陛下が軽く手を上げて、そちらに合図を出した。それを受けて、軍の司令官らしき人が高々と声を上げる。

「第十二黒鷹《くろたか》軍団騎兵隊三百二名！　我ら、たとえ太陽と月に背《そむ》こうとも、妃殿下が為、生涯《しょうがい》命を懸《か》けた忠誠《ちゅうせい》を此処《ここ》にお誓い致す！」

朗々《ろうろう》とした声が響いた直後、三百二名の兵士さんたちは一斉に剣を抜き、それを青空めがけて高々と掲げた。

その迫力に圧倒され、言葉を失う。

彼らが忠誠を誓った相手が私だなんて、まったく現実味がなかった。

……だって、この私だよ……？

「エミ、どんな気持ち？」

陛下が面白がるように横から問いかけてくる。

「わ、わかんない……。なんていうかその……皆さんの息がぴったりですごいね」

率直な感想を漏《も》らすと、陛下はきょとんとした顔で瞬きを数回繰り返した後、ふはっと笑った。

「ああ、もうエミは……。そういう飾らないところがほんと好きだ」

「……っ」

ただでさえ混乱しているのに、陛下まで爆弾を投げてくるのはやめてくれますかねっ⁉

「──なあ、エミ。俺からも礼を言わせてくれ。兵士たちの命を救ってくれてありがとう」

真顔になった彼が、そう言って私に向き直る。

「あの、だけど、私、ローガンさんの望むとおりに動いていただけだよ……」

「エミのこととローガンの起こした事件は別の問題だ。エミが協力してくれたから、この国は一つの大きな危機を乗り越えることができたんだ」

「本当に……？」

「何百人もの兵士がエミを慕い、その名のもとに忠誠を誓ったというのに信じられないのか？」

陛下は優しく微笑むと、横から私の腰を引き寄せた。

「エミのおかげで俺自身もかなり助けられた。共にこの国を守ってくれたこと、心から感謝している。エミは俺の自慢の妃《きさき》だ」

くすぐったくなるほどの甘い声で、陛下が囁《ささや》きかけてくる。

少しでも陛下の役に立ちたい——、ずっとそう思ってきた気持ちが、陛下の言葉で報《むく》われたような気がした。

うれしくて微笑み返すと、間近で目が合った陛下が熱っぽい表情で瞳《ひとみ》を細めた。

「……まずいな。兵士たちの前だと言うのに、キスしたい」

「……！　ひ、人前はだめだよ……⁉」

とっさにそう言い返したら、次の瞬間には陛下に抱き上げられていた。

「わかった。部屋に戻ろう」

「あ、ち、違っ……。ちょ、ちょっと待って……⁉　だめだってば、運ばないでーっ⁉」

真っ赤な顔でそう叫んだ私の声が、よく晴れた空に響き渡る。

このあとの陛下と私がどうなったか——それは、また別のお話だ。


（おわり）

あとがき

こんにちは、斧名田《おのなた》マニマニです。

このたびは「転生したら十五歳の王妃《おうひ》でした　～年下陛下の一途《いちず》な想《おも》いからは逃《に》げられません!?～」をお手にとっていただきありがとうございます。

前作『転生したら十五歳の王妃でした　～元社畜《しゃちく》の私が、年下の国王陛下に迫《せま》られています!?～』は、多くの読者様がお手に取って下さったようで、おかげさまで続刊を出させていただけることになりました。

この場を借りてお礼を言わせてください。ありがとうございました！

再びエミや陛下たちを書くことができて、とても楽しかったです。

今作では一巻で書ききれなかった部分を描《えが》きたいと思い、『陛下の年下っぽい一途でグイグイくる愛情表現』や『エミが好きすぎてやきもちをやいてもだもだする陛下』など、エミが大好きすぎる陛下をたくさん書かせていただきました。

エミと陛下の関係も、進展あり！　なので、二人に何が起きたのか是非《ぜひ》是非《ぜひ》確認《かくにん》してみてくださいね。

恋愛《れんあい》以外では、一巻同様『そんなつもりはないのに活躍《かつやく》してしまい、周囲の人たちから慕《した》われてしまうエミ』も、もちろん健在です。

エミを慕う人たちの規模がぐっと増してしてているので、その辺りも見所かなと思っています。

一巻以上に色々とパワーアップした本作、楽しんでいただければ幸いです。

また、本作の出版に際し、お力を貸して下さった皆様《みなさま》、本当にありがとうございました。

イラストレーターの八美☆わん様、担当のIさん、営業さん、その他携《たずさ》わって下さった皆様。

そしてそして、拙作《せっさく》を手にして下さった読者様。

コロナで心を痛めることが多い日々ですが、この本が少しでも皆様の癒《いや》しになるといいなあと願っております。

それでは、またどこかで！

二〇二〇年七月某日《ぼうじつ》　斧名田マニマニ

■ご意見、ご感想をお寄せください。
《ファンレターの宛先》
〒102-8177 東京都千代田区富士見2-13-3
株式会社KADOKAWA ビーズログ文庫編集部
斧名田マニマニ 先生・八美☆わん 先生

B's-LOG BUNKO
ビーズログ文庫

●お問い合わせ
https://www.kadokawa.co.jp/（「お問い合わせ」へお進みください）
※内容によっては、お答えできない場合があります。
※サポートは日本国内のみとさせていただきます。
※Japanese text only

転生《てんせい》したら15歳《さい》の王妃《おうひ》でした
～年下陛下《とししたへいか》の一途《いちず》な想《おも》いからは逃《に》げられません!?～

斧名田《おのなた》マニマニ

2020年9月15日 初版発行

発行者 青柳昌行
発行 株式会社 KADOKAWA
〒102-8177 東京都千代田区富士見2-13-3
（ナビダイヤル）0570-002-301
デザイン 永野友紀子
印刷所 凸版印刷株式会社
製本所 凸版印刷株式会社

ISBN978-4-04-736235-2 C0193

定価はカバーに表示してあります。

◇◇◇